Son odeur
après la pluie

DU MÊME AUTEUR

Chez JMEditions
Dico impertinent de la montagne, 2014
Qu'ignore-je ? L'alpinisme, 2015

Chez Paulsen/Guérin
Gravir les montagnes est une affaire de style, 2017
Les Sept Vies de François Damilano, 2018
Espresso, 2019
Double Espresso, 2020

Chez Transboréal
L'Art de la trace, 2020

Cédric Sapin-Defour

Son odeur après la pluie

Stock

Ouvrage publié sous la direction de
Benoît Heimermann

Bande : Collection de l'auteur

ISBN : 978-2-234-09396-6

© Éditions Stock, 2023

*À la Dame du ruisseau blanc
dont les envols et les chutes
édifient chacun de mes jours*

Préface
de Jean-Paul Dubois

Il n'y a rien de plus simple que de vivre avec un chien. Il suffit, quand il rentre, d'écouter le bruit de ses pattes cliquer sur le parquet, de respirer son odeur qui, dans son sillage, imprègne discrètement le couloir de la maison, et de regarder filer les jours entre les touffes de ses poils qu'il abandonne un peu partout. Et puis un soir, vous n'entendez plus que le silence, les pièces, toutes, empestent l'absence et il n'y a plus rien, nulle part, à balayer et à aspirer. Et c'est à ce moment-là, cette nuit-là, à cette heure précise, que vous ressentez jusqu'au fond de vos os que votre chien est mort.

J'ai toujours éprouvé une joie enfantine à voir ma chienne boire, à l'écouter manger, dévorer ce que je lui avais cuisiné. Ce moment-là débordait de vie, de joie, nous offrait une espèce de bonheur primitif partagé. Ce soir-là, j'ai lavé son bol, les doigts sous l'eau brûlante, à frotter je ne sais quoi pendant je ne sais combien de temps.

Et puis j'ai lu *Son odeur après la pluie*. Et alors, ce monde depuis longtemps serré dans les armoires de la mémoire a commencé à s'ébrouer et, page après page, les bruits, les poils, les vétérinaires, les longues marches et les odeurs sont revenues. Les odeurs, et surtout celles que cuisine la pluie, fortes, animales, celles que détestent par-dessus tout les gens qui n'aiment pas les chiens. *Son odeur* est un livre magique, riche, le texte d'une sorte d'éthologue amoureux racontant avec grâce et élégance l'histoire émouvante, la vie tout simplement, d'un homme avec son chien.

Je ne sais pas ce qu'en dirait Cédric Sapin-Defour, l'auteur de *Son odeur* – même si j'ai ma petite idée là-dessus –, mais j'ai toujours pensé que dans une relation bien considérée, c'était le chien qui élevait son « maître » et non l'inverse. J'ai pris conscience de cela très tôt en m'apercevant que ma chienne comme nombre de ses congénères comprenait quelque trois cents mots du langage humain alors qu'il m'était quasiment impossible, malgré mon attention, de discerner les nuances primaires de ses aboiements. Imaginez que tous les soirs, vers 21 heures, pendant des années, elle vint s'asseoir devant le canapé et durant plusieurs minutes, ses yeux dans les miens, s'adressa à moi, modulant des vocalises et des timbres proches de la voix humaine. Les gens disaient « on dirait qu'elle te parle ». Ce qu'ils ne savaient pas, c'est qu'elle me parlait vraiment. Et que, lorsque nous étions seuls, je lui répondais. Chacun prisonnier de nos langages, essayant pourtant de montrer à l'autre que nous faisions l'impossible effort de combler ce vide qui séparait nos espèces. Sous d'autres formes, *Son odeur* relate l'intimité subtile, l'imprégnation mutuelle qui se crée entre deux espèces attentives. L'obligation, pour l'homme, de sortir de lui-même, de s'oublier, de se « désosser » pour comprendre l'autre. Il explique aussi avec beaucoup de douceur combien il est précieux pour un humain d'apprendre à se coucher par terre, juste pour avoir le bonheur de sentir son chien s'endormir la tête tout contre lui. Vivre avec un animal oblige à déchiffrer, à reconsidérer l'espace et le temps. À l'instant où vous ouvrez la porte de la maison, le chien devine votre humeur et, avant même que vous en ayez pris conscience, sait ce que vous avez dans la tête. Il a compris que vous allez l'emmener marcher dans la montagne, nager dans l'océan, traîner sur la plage, et que c'est au long de ces longues promenades, de ces pas enchaînés que vous allez vous unir pour la durée d'une vie, étant simplement attentif à la soif et la fatigue de l'un et de l'autre. Dans ce livre, l'auteur a une belle habitude, très signifiante, à l'égard de son chien : au plus fort de la chaleur, il lui donne à boire « de la bouche à la gueule ».

Ce texte est un précis d'intelligence et d'amour entre deux êtres que tant de choses pourtant séparent. Sauf une qui se profile dans le dernier quart du livre et que l'auteur évoque par cette simple phrase en parlant de son bernois vieillissant : « Quand va-t-il comprendre qu'il est mortel ? » Je crois qu'un chien n'a pas à savoir ces choses-là. Et c'est ce qui devrait le sauver.

Et pourtant arrive la fin. Des pages d'abord inquiètes dans les entrailles de vétérinaires dévoués, puis déchirantes à l'aube des ultimes jours. À l'instant du départ, l'homme regarde la bête pour la dernière fois et sait désormais qu'il va devoir « parler à quelqu'un qui ne lui répond plus ». Et là, bien sûr, parce que c'est tout à fait normal, maintenant, vous pleurez.

Quand elle est morte, j'ai fait incinérer ma chienne. Je suis allé chercher son corps congelé chez le vétérinaire et nous avons roulé ensemble, elle et moi, dans notre voiture, une dernière fois, pendant cinquante kilomètres. Arrivé sur place, un homme a ouvert le hayon, l'a faite glisser sur un chariot et, avec une étonnante douceur, a simplement dit : « Ne vous inquiétez pas, on va en prendre soin. » À perte de vue, une lourde pluie de printemps tombait.

Depuis trois ans, ses cendres et sa laisse sont rangées sur la droite de mon bureau.

Alors voilà, le livre que vous allez lire est un précis d'amour et de conduite qui vous guidera peut-être jusqu'à cette frontière immatérielle au-delà de laquelle les chiens parlent aux hommes. Vous allez y apprendre d'étonnantes choses sur eux et sur vous-même. Pour ma part, ce texte a aussi réalisé un petit miracle : au fil des pages et des mots déposés, il m'a permis de retrouver le merveilleux bruit des pas de ma chienne trottant dans la maison, la voix de ses conversations nocturnes et surtout, surtout, *Son odeur après la pluie.*

Première partie

I

Une porosité au bonheur ou quelque chose comme ça.

Sinon qui peut expliquer l'inattendu ?

Les rencontres décidées à embellir notre vie surgissent aux mornes journées, c'est ainsi, rien ne les annonce. Nous naviguons à vue dans la banalité d'un jour, sombre à la fois pâle, n'attendant rien que demain, trop conscients des lacunes du monde, si peu de notre sort enviable et là, une joyeuse veine dit qu'il est notre tour, drôle de pendule liant l'ampleur d'une histoire à l'improbabilité de sa survenue.

Ce n'est pas très élégant, une galerie marchande de centre commercial. Celle du Carrefour de Sallanches n'échappe pas au principe. D'abord on nous assomme : un plafond bas de carrés gris comme si le ciel n'existait pas et sans nous manquer plus que cela. Puis on nous opère, partout une lumière blanche, tout d'un trépan, au début ça perce et on ne sent plus rien. Enfin, du bruit, beaucoup, notre époque n'en veut pas du silence, quelqu'un, de nulle part, hurle les recettes d'une vie meilleure, les mêmes pour tous ; on peut errer, se cacher ou s'en fiche, il nous retrouve. Tous les dix pas, des choses clignotent. Autour, les gens habitués et j'en suis. Ces endroits où l'homme a cédé tout projet de grâce dont l'un de ses plus fidèles atours, la retenue. Ces endroits sans véritablement d'âme et où la mienne pour toujours va s'épaissir.

Le bar s'appelle Le Pénalty, c'eût pu être Le Corner, sur ses vitres fond vert salade, un but, un grand brun en bleu un peu dégarni, on dirait Zidane et des ballons dessinés au tipex. On peut y boire cent breuvages, jouer au tiercé, au loto et acheter du tabac, c'est un trésor d'assuétudes et rien ne s'oppose à les cumuler. On vous sert un café charbonné que les Français disent exquis et une cacahuète cacao dans sa housse plastique. Au zinc, on parle fort, il est question d'une géopolitique nuancée ; pouvoir tout expliquer en désignant un seul coupable semble rendre la vie confortable.

J'attrape un journal. Seul, dans les lieux publics et pour masquer de l'être, on se saisit de la première babiole et l'on joue à la vie dense. En 2003, il existe encore ces maigres journaux d'annonces locales au titre du département, ici le *74*. Dans les coins, de précédents lecteurs ont gribouillé des dessins qui ne parlent qu'à eux et qui ont dû leur faire du bien. Dans ces quelques pages, on fait l'article de tout, essentiellement de rien. Je m'y évade, c'est dire l'ambition du jour. Certaines annonces débordent de la Haute-Savoie et s'aventurent au-delà.

Je lis sans vraiment de plan, je saute beaucoup de lignes, du coq à 30 euros à l'âne pour 300, j'accepte le tout-venant sans chercher plus que ça des histoires aimables. Et il jaillit. Page 6, en haut à gauche, sous une petite tache d'eau qui fait baver les mots, tout proche d'un J5 seconde main CT OK à débattre et de Marc, lui aussi ancien sur le marché et qui cherche un JH intrépide, ensemble s'ébattre. Page 6 donc, des mécaniques usées, des hommes en feu et lui, là, patiemment immobile, sourd aux agitations, déjà placide. Un chien. Là, parmi douze frères à peu près semblables sauf l'ordre d'arrivée sur cette terre, tous nés le 4 octobre 2003, dans notre monde, tout commence par une naissance ; les apparitions, c'est autre chose. Douze bouviers bernois, pauvre leur mère, un été de canicule, douze dont 6M et 6F mais ici-bas comme ailleurs, le masculin l'emporte. Douze d'un coup, ce que l'on nomme une portée et qui, chez les bâtisseurs, dit la charge supportable. Je commande un second café. Au bar, une dame rose tient dans son avant-bras une sorte de pékinois dont j'ignore toujours s'il sait marcher.

Pensant m'isoler du bruit, je m'extrais du bar vers l'allée centrale, seule varie la rumeur. En face, une affiche pleine de sable blanc, d'un bleu insolite, d'une jeune femme réchauffée et qui court à pleines dents : il est écrit « Ne rêvez plus votre vie, vivez vos rêves », on fait crédit de tout. Sans savoir pourquoi, tu parles, je compose le numéro inscrit au bas de l'annonce. Un appel, un élan, quelque chose qui tire à la fois pousse, un peu repousse. On croit à des coups de tête mais ils germinent en sourdine depuis tant d'années, vous connaissent à ce point qu'aussitôt on leur redonne de l'air, ils surgissent, déguisés en immédiate pulsion ou en vérité venue d'ailleurs.

Mme Château, c'est son nom, répond avec la promptitude de ceux sachant pourquoi ça sonne. Elle me dit que les chiots sont disponibles sauf un déjà mais qu'à n'en pas douter, ils vont partir vite. Ça m'agace un peu, je n'en veux pas, je n'en veux plus de cette sommation incessante de vitesse, pas à cet instant dont le projet est qu'il soit savouré. Sauf que ce rien là est le mien alors il emplit ce qui lui chante et dictera tous les empressements qu'il veut. Je lui réponds qu'âgés d'un mois et marchant avec peine, ils sont un peu jeunes pour partir vite, de ces lourdeurs dégainées par les malhabiles en société et qui se défendent de la réalité par l'usage, pensent-ils à propos, de l'humour. Elle me répond par une muette indifférence validant s'il le fallait mon à-côté. Mais je crois la comprendre, elle joue son rôle à merveille, elle est venue son heure de créditer des nuits à veiller sur une femelle gestante, en tête et par cœur le numéro du vétérinaire de garde ; venu le jour de capitaliser les doux sentiments que l'homme éprouve pour le chien. On peut sans vergogne faire commerce de l'amour, c'est même chose aisée tant il n'est d'aucun prix. Je lui dis que je passerai sûrement dans le week-end, pour voir, si cela lui convient. Il est farceur ce mot, *sûrement*, on aimerait qu'il susurre *peut-être* et il hurle l'évidence. *Pour voir*, aussi, n'a pas surgi de nulle part, on dirait cette sentence claquée aux tables de poker lorsqu'il est réclamé du destin qu'il penche, s'il lui plaît, du côté favorable de notre existence.

Raccrochant, je regagne mon guéridon bancal en faux marbre gris, ici on voudrait que Sartre et Platini discutent. Un vertige m'y attend, de ceux que les évidences contraires de l'élan et du frein creusent à merveille. Je sais ce que signifie aller là-bas, du côté de Mâcon. Ça n'est pas rendre visite. Ni piocher un élément supplémentaire de réflexion. Ni ajourner. C'est provoquer. Faire se rencontrer deux êtres vivants et joindre leurs histoires pour des milliers de jours. On ne ment pas aux amours naissantes. Si mon fourgon blanc prend la direction de là-bas, ce ne sera pas pour voir si ce n'est pourvoir un réel déjà bien garni de ses bonheurs et de ses manques. Et j'en serai l'unique responsable, elle ou lui, que je sache, n'a formulé aucune demande.

J'ai déjà « eu » un chien. Ïko, une merveille de compagnon, un labrador beige du corps et foncé des oreilles, que ses précédents propriétaires (c'est l'idée que se font certains de leur lien à cet objet mouvant, il y a *maître* aussi mais que dire ?) avaient baptisé Ivoire puis lâchement abandonné, leur joujou à l'image de son nom n'était qu'une matière prisée, arrachée, exhibée et dont on se lasse. Un matin d'avril, je suis entré à la SPA de Brignais et j'ai libéré une cage, cent autres étaient pleines. Il était si peu ivoire qu'il ne répondait pas à ce doux nom des convoitises. Ïko collait mieux à notre goût des tribus. Ce fut le début d'une histoire lumineuse dont je ne songeais pas à supposer la fin, joie constante, dans l'eau, la neige, les forêts, au coin du feu, près de la vie et pile en marge, un ravissement équilibré mais faiblement durable ; un jour, sans qu'il ne s'en plaigne, sa mâchoire gonfla de sang, je pris la voiture de mes parents, la grosse, la fiable, jusqu'à l'école vétérinaire de Maisons-Alfort, seule structure pouvant réaliser un scanner, cet examen essentiel ou indécent selon la place allouée aux bestioles dans sa propre vision d'un monde utile. La vétérinaire me dit qu'il ne lui restait que quelques mois à vivre, les chiens imitent les hommes jusqu'au cancer partout. La suite lui donna affreusement raison, les vétérinaires, c'est leur tort, se trompent peu. Au retour, la tristesse me prit au collet, j'ai pleuré quatre heures de rang sur l'A6 jusqu'à ce que mon corps s'assèche. Il faut pleurer me disait ma grand-mère, les larmes du dedans font autrement plus mal et pourrissent les os. Ïko dormait sur la banquette arrière et je me persuadais qu'il n'avait rien compris, que les chiens n'avaient pas conscience de leur finitude ; les bêtes, on jure à leur clairvoyance ou à leur ignorance, selon ce qui protège notre cœur. Un matin, après mille ajournements égoïstes, l'amour l'emporta sur l'attachement. Il fallut décrocher le téléphone pour prendre un rendez-vous qui pique une vie, se rendre chez notre vétérinaire, le sien, le mien et en repartir seul, détroussé, un collier et une poignée de poils comme uniques talismans. En quelques centilitres d'une seringue, l'après s'éteint et rien ne revient. Je crois qu'Ïko se plaisait sur notre terre, nous avions d'innombrables projets, pourtant nous le savions, attendre n'est jamais préférable.

Depuis, son absence escorte chacun de mes jours et je ne trouve pas tout à fait normal que la vie continue. Alors je sais. De quelle entreprise affective il s'agit. J'ai déjà pleuré, une médaille au creux de la main. Prendre un chien, c'est accueillir un amour immarcescible, on ne se sépare jamais, la vie s'en charge, les déclins sont illusoires et les fins insoutenables. Prendre un chien, c'est se saisir d'un être de passage, s'engager pour une vie ample, certainement heureuse, irrémédiablement triste, économe en rien. L'issue de cette union ne fait aucun mystère, s'abandonner à la refuser ou n'entreprendre que de l'envisager, dans les deux cas, la tristesse rôde, rudoie et c'est une drôle de danse, roulis de chaque jour, pour que la joie prenne le pas, relègue cette évidence et l'étouffe. La biologie, science de la vie dit-on, s'entiche peu des idylles croisées. Si votre amour de parent se porte sur un enfant de votre espèce, l'usage du temps fait qu'il vous survivra et vous n'aurez pas à ravager votre existence que la sienne s'achève. Lorsque votre amour se déporte sur un vivant d'une autre catégorie et à la durée de vie moyenne, en toute implacable logique pointera cette date où le nouveau-né rattrapera votre âge, l'excédera et mourra. C'est d'un illogisme absolu, ultime paradoxe et pas des plus aimables : la mort d'un chien est contre nature. C'est à savoir, ce bonheur a ses dates de péremption, vous aurez beau vous employer chaque jour au ralentissement de sa vie ou à l'accélération de la vôtre, c'est ainsi, on ne négocie pas avec la chronobiologie, les chiens fanent. Les amateurs du gris du Gabon l'ont bien compris et s'assèchent moins de la cornée. Surfiler son existence de la présence d'un chien, c'est entendre que le bonheur façonne la tristesse, c'est mesurer comme le manque est mal soluble dans les mémoires aussi vastes et heureuses soient-elles, c'est accepter que chaque minute volatile soit vécue sept fois plus intensément qu'à l'habitude, c'est se cogner à ce séduisant et vertigineux projet de ne saboter aucun instant et de célébrer la vie de manière forcenée. Pour cette réalité et le cran requis à son acceptation, je porte à tout être adoptant un chien de façon loyale une admiration immédiate et définitive.

En sortant du Pénalty, pénétré de cette idée, je songe qu'il est venu le temps de remettre dans ma vie un peu de cette audace d'aimer. J'y retourne brièvement pour m'acheter une de ces choses à gratter, mon horoscope étant médiocre, c'est le seul moyen que j'ai trouvé pour orienter cette journée une bonne fois pour toutes en ma faveur.

À l'extérieur du centre commercial, il fait beau, qui pouvait savoir.

Je rappelle Mme Château qui décroche aussi vite. Pour finir, je passerai aujourd'hui samedi, après tout, elle a le droit comme chacun à son repos dominical. Avant de démarrer mon fourgon entre les tôles duquel un gros chien ne serait pas à l'étroit, j'observe les montagnes. Du parking, la chaîne du Mont-Blanc resplendit, celle des Fiz intimide, toutes deux invitent à la hardiesse. Je laisse mon esprit divaguer mais craignant qu'il s'ordonne, je lui souffle d'aller voir du côté des rêves.

Puis je me reprends, j'use de toutes les acrobaties intellectuelles pour fendiller le dessein incontesté de ce trajet, c'est une joute bien inégale. Je pioche dans la raison, la craignant d'ordinaire.

Je me dis que le samedi est une très mauvaise journée pour prendre d'importantes décisions susceptibles de dessiner la vie d'après. C'est un jour de vulnérabilité économique et symbolique. Pour un peu que la semaine ait été pesante, on réclame son dû de légèreté, son rabiot d'après tout, souvent plus qu'il n'en faut et l'on balance jusqu'à l'extravagant. J'ose même convoquer les problématiques identitaires ; depuis 2002 et Le Pen au second tour, les questionnements autour d'êtres nativement supérieurs à d'autres et de frontières étanches sont en verve, des extrêmes de tous bords sont parvenus à nous imposer leurs thématiques au prisme desquelles le monde doit être lu et je crains que les Français aient envie d'essayer. Un bouvier bernois de Mâcon, en voilà une allogène imposture ! Moi bercé de mythologie alpine depuis mon enfance, saint-bernard, Rébuffat et les inatteignables edelweiss, rendre visite à l'icône des vachers de Berne aux plats replis de la Saône-et-Loire, il y a là comme du rêve en solde et qui déshonore la souche, l'orné Zermatt eût été plus étincelant. Et le pendule revient, je me persuade du contraire. Qu'une distance aux rigidités de la Suisse alémanique s'invite à l'affaire ne ternira pas la vie baroque que pourrait embrasser ce chien. Le cours du franc suisse et mon goût des confluences finit de me rallier aux charmes bourguignons. Comme la vie est orientable.

Je jette un œil sur la carte. Confrançon. A40. D1079.
C'est moins loin qu'il n'y paraît. Et qui sait, à ma portée.

II

Deux cents kilomètres, à peine un songe, j'arrive à Confrançon, de ces bouts de France qui s'en fichent bien de la diagonale du vide, ces bourgs charmants quand on y passe, désolants s'il fallait y inscrire notre nom sur une boîte aux lettres. En retrait du village, on arrive chez Mme Château par une petite route sinueuse sans autre raison que de dessiner des jolis champs de je-ne-sais-quoi jaune d'or ; dans un des virages solitaires, à l'abri d'un chêne, une Dyane attend.

Sur la route, je me suis vu en amateur de beaux livres ou de grands crus poussant la porte du bouquiniste, du caviste, se jurant d'en ressortir les mains vides, se persuadant qu'une simple visite à ces bazars des promesses suffira au remplissage et n'y parvenant pour ainsi dire jamais. Le mensonge à soi-même a ceci de supérieur qu'il est aimablement pardonné, alors on fait semblant de croire aux possibles reculades.

Selon l'écho désiré, j'aurais su qui mais je n'ai téléphoné à personne pour discuter du bien-fondé de cet aller-retour au mobile sans mystère, je crains trop l'expression des scepticismes ou, pire, celle des adhésions courtoises. Il me plaît que ce début d'histoire soit tu, son arbitrage appartiendra bien assez tôt aux certitudes du plus grand nombre et bien que ce statut présente pour le bonheur de nombreux inconvénients, ne rien avoir à sonder tout près de soi, ne rien soumettre aux joies et aux dommages de proximité est un point fort du célibat. Je me figure en Tintin épaulé pour unique compagnie d'un angelot et d'un diablotin se disputant furieusement la définition d'une vie valant d'être vécue ; dans mes souvenirs, toujours l'optimisme l'emportait. Il est ainsi des pics de l'existence qui invitent les géographies de l'enfance, nostalgie d'un temps où les rêves faisaient foi, évidents, irrévocables, insensibles aux monitions des prophètes de pacotille, experts en lendemains malaisés, ceux qu'on appelait les vieux. Ce n'est qu'après, poli par la vie, que l'on pense en contraintes avant tout.

Plusieurs fois sur la route, je me suis arrêté. J'empilais les kilomètres sans les voir, la tête en l'air et gorgée d'après. Seul de me tromper d'itinéraire me rabattait au réel. C'est un rendez-vous amoureux qui m'attend, aux vertiges supérieurs car l'autre cœur de l'histoire n'est pas préparé à cela et n'en veut peut-être pas.

Pour toute chicane de la vie, peser ce que l'on admet d'abîmer d'elle et présume de garnir est une hygiène à laquelle il est bienvenu de se plier. C'est bon pour le cœur. Le monde des hommes gâtés – dont je suis – abrite deux camps : ceux honorant sans relâche leur statut de vivant, effrayés de rabougrir et développant pour les jours incertains une essentielle ardeur et, à l'autre pôle, ceux satisfaits qu'il ne leur arrive rien, strictement rien d'autre que l'habitude, empilant des jours identiques, irremplaçables, ne réclamant de la vie que d'être visible et ne pas déranger s'il vous plaît. Je m'efforce chaque heure de ne pas imiter les seconds que c'en est épuisant. Dois-je pour autant brandir ce chiot comme on crierait l'urgence toujours de vivre ? Ce serait sombrer dans la plus vive des aliénations, la charge d'être libre. Ce serait prétendre que mes seules envies décident du sort d'autres vivants. Ce serait aimer moins de lui que de moi. Si aux yeux de beaucoup, l'adoption d'une bête est une interrogation cosmétique comme on barguignerait sur la couleur d'une veste, cette perspective parce qu'elle met en gage autant de moi me remue jusqu'à la nausée et c'est agréable.

La maison est une grande ferme en L, la petite barre rénovée et coquette, couverte de tuiles Giverny, la grande barre dans son jus, au toit de tôles noires et quelques rouges, riche de souvenirs et d'envies désordonnés. Aux murs de la petite, les pierres ont réapparu, sur la grande, le torchis résiste, les enfants veulent changer la maison des parents, les petits-enfants la retrouver.

On ne peut pas se tromper, il y a ici des chiens partout. Sans aller jusqu'à les aimer, il ne faut pas craindre les bêtes pour entrer, Mme Château est protégée des huissiers. Pour pénétrer dans la propriété, on passe entre deux piliers en pierre à tête de lion qu'aucun portail ne rejoint, un jour peut-être. Autour des piliers, pas davantage de clôture, ici on vit à l'air libre mais on a rêvé de domaine.

Oui des chiens partout ! Des petits, des immenses, des affolés, des au ralenti, des silencieux, des grandes gueules, des accueillants, des sceptiques, quelques-uns dans des enclos, la plupart laissés libres, aucun attaché ni long ni court, le tout dans un beau vacarme. Les chiens nés ici ont de la chance, il fleure bon le mouvement, le mélange et les règles souples, l'habitude précoce de la liberté est un bien infini. Je m'arrête à peu près au milieu de la cour de peur d'écraser un des réceptionnistes ; en coupant le contact, je me jure de ne pas idéaliser machinalement tout ce qui, dans les minutes à venir, percolera de cet endroit. Puis je me ravise, bannir l'enchantement, quelle sottise, et se promettre sans cesse, quel refus indigne de la vie. Plusieurs cabots sautent sur ma portière, j'avais oublié comme ils s'en fichent des ornements.

Sortant du fourgon, à peine un pied posé, je suis assailli par une meute bigarrée, à celui qui décorera de son empreinte mon pantalon clair, choix vestimentaire des plus appropriés. Tous convergent, les chiens ont ce don de vous rappeler à votre titre d'existant. Je les regarde un par un, je me demande qui est de la famille de qui, qui est un peu chef ou doyen, lequel est réservé ou boudé depuis toujours, j'essaie de n'en négliger aucun. Certains aboient, d'autres les imitent, que je n'aie pas peur les intrigue. Mme Château, alertée par la chorale, s'extrait de la maison, avec elle une odeur de cannelle. Elle met immédiatement fin aux effusions d'accueil ; elle est écoutée, rondement, chacun retourne à son inactivité sauf un, une sorte de chow-chow caramel au regard plissé, sorti avec la cannelle, resté à ses pieds et qui fayote un peu, le seul sien sans doute. Mme Château est tout à fait comme, à sa voix, je l'imaginais, c'est rare, habituellement ma prescience échoue admirablement. Une femme brune, la quarantaine, tonique, des sophistications de vendeuse couvrant à demi un atavisme rural, les poings sur les hanches, la tête en avant. Son regard droit devant est celui des caractères n'ayant pas à user d'être caractériel. Elle me serre la main fermement, déjà importante, j'avais pensé lui faire la bise. Je me méfie de ceux qui ne paraissent pas être ce qu'ils sont, on le sait assez tôt et cette dame n'en est pas. Il y a autour d'elle comme une gentillesse sans naïveté, une douceur sans veulerie, une élégance oublieuse de tout narcissisme, c'est important, elle est le tout

premier humain fréquenté par les chiots et il me plaît de croire aux impressions définitives. Nous échangeons les politesses habituelles, elle sur mon aptitude à trouver l'endroit facilement et le temps mis, moi sur que vous êtes bien tranquille ici et je ne vous dérange pas longtemps, mais je ressens qu'elle n'est pas des mots inutiles, je m'efforce de ne pas trop en faire.
– Allons voir les boubous !
J'ignore s'il faut tirer une quelconque satisfaction à ce qu'une sentence enfantine vous soulève l'âme aussi puissamment que le feraient deux vers de Rimbaud mais c'est ainsi, le cœur est à ce point généreux qu'il accueille *toutes les fatalités au bonheur*. Je réponds « avec plaisir » ou quelque chose du genre pétrifié.
Nous longeons une aile de la maison. Il pleuviote maintenant. Au fond du champ attenant se dessine un spectre de couleurs, c'est un signe favorable, les beautés se sont donné ici rendez-vous mais faut-il insister ? On sait qu'à vouloir s'en saisir, l'arc-en-ciel s'éloigne, se dérobe et disparaît.
Nous traversons différents espaces, des boxes, des zones informelles mais semblant faire territoire pour leurs occupants. Des grillages, à peine, moins pour séparer que pour protéger, autant de quartiers d'une improbable cité où l'on ne craindrait pas les voisinages. Ça sent fort le poil, j'aperçois çà et là quelques crottes mais rien de ces immondices dans lesquelles certains laissent

croupir leurs chiens. Il y a là des terriers, des sortes de caniches, des borders collies, des retrievers, des inconnus à mon référencement, mosaïque de chiens aux gabarits, aux courbures, aux pelages et aux âmes distincts, les étroites questions de l'identité ne semblent pas à l'ordre du jour. Ils n'ont en commun que d'être des *Canis lupus familiaris*, descendant du même et seul loup gris. Le temps a fait son œuvre des fantaisies morphologiques et des aiguillages d'humeur, il a conçu des petits pour explorer les galeries, des endurants pour courir le gibier, des palmés pour sauver les noyés, des doux pour guider les aveugles et des sans autre tâche que de faire partie du monde, ces essentiels inutiles. Toutes les ethnies semblent allègrement cohabiter. Pourquoi nous les hommes issus du même singe avons-nous été d'un monomorphisme aussi confondant jusqu'à percevoir dans la moindre nuance de mélanine une distinction radicale et la plus haïssable qui soit ? Aux jeux de la taxonomie, nous n'avons pas hérité de la plus indulgente des cases. Qu'il doit être plaisant de vivre au milieu de mille singularités visibles, l'on se mettrait alors en quête de plus grand et qui se nomme l'humanité, notre étoile ou un autre de ces tout qui rallient. Au lieu de cela, nous ressemblant trop, nous préférons nous attacher à ce qui nous désunit.

À notre passage, les chiens s'agitent, aboient et s'approchent. Ils me regardent de leurs yeux francs et font comme supplier. Que je les emmène avec moi ou que je ne les arrache pas aux bonheurs du clan, qui sait répondre à cette question ?

Il faut encore marcher quelques mètres pour aller voir les bouviers. Ils sont derrière la maison, c'est le même zonage chez les dealers, les substances les plus fortes sont à l'arrière-cour. Mme Château me dit qu'elle les a installés là car d'ici, ils peuvent voir la cuisine et ses occupants, cette race déteste l'isolement, ils ont besoin d'hommes auprès d'eux, quels qu'ils soient, et de les voir rassemblés, héritage d'une aire pastorale où ils s'attelaient à d'autres tâches que de panser nos solitudes. Au passage, pour parler, elle me rappelle qu'il y a six mâles et six femelles, une grosse portée, tous en bonne santé, vaccinés et pucés. Je me réjouis de l'avance qu'ont les mentalités bernoises sur la parité et la prévention des pandémies mais je m'inquiète qu'un jour, au bon vouloir de la traçabilité, nous soyons nous aussi tous numérotés. Mon hôte acquiesce poliment avec le sourire des jours de vente, si l'humour est un rempart, à s'y adonner seul, on est un peu démuni.

J'aperçois une femelle au regard las mais alerte, j'apprendrai plus tard qu'elle est la mère. Elle se repose, c'est son quart sans ventouses. Me vient en tête l'image de ces chiennes comme on en voit par dizaine divaguer dans les Balkans, les mamelles tuméfiées, une grossesse par an, des portées en nombre inverse à leur vigueur, et ces vies, toujours ces vies, vouées à prolonger l'errance. Le père, lui, est sans doute l'un de ces mâtins à la grosse voix là-bas, faussement indifférent aux choses de la famille.

Puis nous parvenons à l'espace des chiots. C'est un bel endroit, la plaine à perte de vue, le levant pour offrande, à l'abri de la bise noire et au ras du silence. Il est bon d'arriver à la vie en ce lieu puissant, les horizons sont profonds et l'air limpide. Ils ont un mois et quatre jours, demain ce sera cinq. Nés aveugles et sourds comme tous les chiots s'en remettant à la protection parentale, ils n'ont consacré leurs premiers jours qu'à dormir et manger, un idéal d'oisiveté. Et sans doute à aimer déjà. Depuis une petite semaine, me précise-t-elle, ils s'éveillent et dans leurs rares instants vigiles, ils s'intéressent à l'univers au-delà du ventre dilaté de leur mère. Il y a tant à découvrir et leur maigre enclos, c'est déjà l'infini. Lorsqu'ils dorment, ils le font sens dessus dessous dans la chaleur de la fratrie, le froid est leur ennemi premier. Ils se vengeront plus tard, n'ayant jamais à se vêtir.

J'entends japper, bâiller, glapir et gémir derrière la porte d'un vieux cabanon en bois, il y a comme un essaim. Je tente de raviver mes certitudes d'il y a quelques heures, ne pas prendre de chien, mais les certitudes sont comme les aigrettes du pissenlit : elles s'agrègent en un tout cohérent, et au premier souffle des heureuses perspectives elles s'envolent. Mme Château me dit qu'elle sépare de temps à autre les chiots de leur mère aux fins qu'elle récupère, l'amour gourmand de sa portée lui en laisse peu le loisir. Je mesure au passage le travail de celle qu'il serait aisé de réduire à la maquignonne courant le magot ; dormir d'un sommeil de skipper, se lever au moindre gémissement, nourrir ses troupes, les soigner, les promener, nettoyer leur habitat et d'autres tâches invisibles à mon statut de visiteur. Enfin, les voir partir. Elle se penche vers la porte, retire le cliquet en bois qui la maintient fermée et prévient ses « enfants » qu'ils ont de la visite. Deux mères, la désunion fois deux. Mon ventre s'est replié de moitié, mon cœur pianote mes côtes, on va me dévoiler celui qui depuis ce matin et l'origine du monde occupe mes pensées. S'il me plaît de croire que la sensibilité est la plus robuste des forces alors à cet instant, je suis de l'univers, le Tout-Puissant.

La porte s'ouvre, il est le moment de la rencontre. Il n'arrivera plus.

Ce siècle n'a pas trois ans et voilà déjà que son histoire s'écrit. Une poignée de secondes que l'on récitera par cœur quand tous les souvenirs de la veille auront fui.

Une mêlée de peluches se met en désordre de marche, on ne sait pas à quel petit corps correspond telle petite tête et tel grognement, c'est un tout auquel nous avons affaire. Ça piaille, ça roule, ça tombe et percute, chacun suit un autre qui en fait de même avec le précédent, être en action semble suffire, être ensemble vital. Quel cœur sec pourrait fendre cette cohorte ? Dans ma famille, on est enseignant d'EPS, *prof de gym* on dit, cette fonction a développé l'habileté pour dénombrer vite et bien les participants d'un mouvement collectif et qui du groupe annoncé serait absent. Je parcours la troupe turbulente et je dénombre onze joueurs dont un collier rose, dissipé et déjà réservé. Je recompte, onze encore. La mêlée s'immobilise aux pieds de nos quatre chaussures comme des collines. Onze toujours. Le *74* n'avait-il pas dit douze ?

Chez les hommes à chiens, jurer que c'est ce dernier qui vous choisit et non l'inverse est très flatteur. On pense ainsi remettre dans sa vie policée une animalité glorieuse, bercée de l'illusion des affinités sauvages, l'homme craignant la boue souhaiterait encore être des loups. Cette croyance est une bêtise.

À cette minute précise, ce chien m'a choisi.

Numéro douze entre dans ma vie. Avec l'aisance gracieuse des êtres attendus.

III

L'éthologie canine est la science des rabat-joie. Quand c'est la seule poésie que nous souhaitons consulter, elle nous sert des allèles et de la synapse rusés, en Cartésie, quelle tristesse, tout s'explique et se dissèque. Ainsi, au fil des siècles, la face du chien se serait transformée, loin de la gueule originelle du loup solitaire. Deux petits muscles sont apparus aux contours de l'œil, mutation génétique soulevant les sourcils, élargissant le regard et offrant au chien d'aujourd'hui cette expressivité mignarde dont raffolent les cartes postales et qui embobine l'homme attendri. Dire par les yeux je t'aime ne serait donc que l'opportunisme nourricier d'une bestiole, fine stratège ayant saisi les vulnérabilités du voisin bipède. Cette version académique n'est-elle pas glaçante ? C'est autre chose. Assurément.

Une minute au moins après l'embouteillage des onze, il apparaît, *il* le chien. Comme sorti des abysses, aveugle et lumineux. Seul, détaché du reste et aussi peu pressé que possible de me voir. Une apparition, oui, osons le titre, sans autres idoles que de croire aux rencontres. Il pourrait de ses yeux débutants fixer cent merveilles autour, une feuille virevoltante, un frère au hasard ou cette dame à l'odeur familière, mais c'est à moi qu'il offre la fixité de son regard, comme si j'étais la seule opacité de ce monde. Nous nous regardons, aimantés, sans cligner, et ce jeu d'enfants où le premier baissant les yeux perd la partie, prétexte à tant d'idylles naissantes, débute pour ne s'achever qu'à la seconde où l'un d'entre nous les fermera pour toujours. Ce chien ne me lâchera jamais de son œil attentif et je sais que par ces lucarnes de l'âme, au-delà de voir, il regardait et savait tout de moi dont ce que je m'efforçais à rendre invisible.

Ces secondes se déroulent-elles ainsi parce qu'on l'a souhaité si ardemment qu'on a jusque secoué le réel, est-ce la suffisante réalité ou une reconstruction bienveillante de notre imaginaire ? Cette question taraude les hommes si peu convaincus de leur pouvoir à bousculer les destins. On s'en moque en vérité, de la poule, de l'œuf et des farces de l'hippocampe, c'est ainsi, il m'a regardé, je l'ai regardé, nous nous sommes dit c'est toi et la terre a changé d'axe, les mystères d'une vie plus ample que nous, voilà tout.

Puis, d'un coup, elle accélère, ce qui dans sa définition d'une cinétique pressée revient à une marche délivrée de ses habituelles rêveries ; elle ne fait aucun cas de ses onze frères et sœurs, les piétine sans ménagement, une patte sur un œil, l'autre sur un autre œil, et pose ses deux antérieurs rikiki sur mon pantalon marbré, elle voudrait me gravir. Les yeux toujours les yeux, pour elle la minuscule, c'est comme regarder le ciel. Pour moi le géant, c'est d'être imploré et de pointer si haut, je n'en ai pas l'habitude.

Dans ces secondes d'intensité, pour qui craint que les digues cèdent, il y a comme refuge la désinvolture ; on pioche dans l'air un bout de rigolade, on le manie avec plus ou moins d'adresse, ainsi on s'échappe et l'on croit s'en sortir dignement. Peu d'êtres sont assez courageux pour exposer leurs fendillements, un jour en pratiquants convaincus du kintsugi, nous saurons surligner d'or nos fissures et les exposerons au grand jour. J'ai ces frousses. Je saisis de la légèreté comme une dernière mutinerie, m'essuie les yeux, fichu vent, et j'y vais de ma blague convenue sur la ponctualité des Suisses, brillamment contredite par cette douzième peluche prenant le temps d'arranger sa vie. Une histoire de feu au lac avec un accent lamentable.

– Elle… je n'crois pas !

Car oui, comble des plaisanteries pesantes, j'ai cédé au réflexe de genre. C'est une femelle, j'en suis certain. Qui d'autre que ces dames peuvent à ce point souffler l'indifférence et la captation, piège des grands écarts dans lequel nous sombrons si volontiers. Après l'avoir soulevée, Mme Château me dit que non, c'est un mec, un vrai, sourit-elle, avec tout ce qu'il faut dehors. En un clin d'œil de la mémoire, je suis debout dans l'étroit bureau de l'infirmière scolaire qui passait sa première semaine d'octobre à baisser les slips Petit Bateau de tous les cinquièmes du collège Lumière d'Oyonnax pour s'assurer que nos gonades avaient fait le choix de descendre. Celui reconvoqué en mars était la risée des autres petits mâles et passait un sale hiver. Avant d'entrer, les lois de la gravité apprises quelques jours plus tôt, je me trémoussai vigoureusement, et à chaque fois que je croisais son mari, je rougissais. Il n'y a rien, joyeuse ou embarrassante, qui vous date avec autant de précision que la nostalgie et, sans s'annoncer, il arrive qu'elle surgisse au plus inattendu des moments.

C'est donc un homme. Bêtement, je me sens plus protégé encore. Je n'avais pas de préférence et n'y avais pour tout dire pas réfléchi. Je voulais juste, rose ou bleue, tout près, une vie qui anime la mienne, au sens de la doter d'une âme.

Je demande l'autorisation de m'en saisir, cette chose n'est pas à moi, je m'agenouille et le prends dans mes bras comme on doit le faire d'un nouveau-né. Dans les étapes de la domestication du chien, il se dit que la recherche d'enfants de substitution, avec le commensalisme et la protection contre le froid, fut un des leviers ayant rapproché les humains des cabots, alors va pour une paternité de circonstance. Pas besoin de lui supporter la tête, tout de lui tient dans cinq doigts qui tremblent un peu. Il ne gigote ni ne semble apeuré d'être ainsi saisi d'une main qui pourrait le broyer. De l'audace, déjà. Ou de savoir, déjà. Il est là, calme, sans s'épuiser de vouloir séduire, écarquillant ses yeux vitreux, on dirait un rat sauf les dents sauf la queue et sauf l'effroi. Nous nous saluons entre mâles assez confiants dans leur virilité pour sombrer sans entrave dans les douces minauderies, je prends cette petite voix qu'on utilise mécaniquement avec les petites choses. Il me semble sentir son cœur battre fort, s'il savait ce petit pois ce qu'il a déjà conquis, les éthologues ont sans doute écrit un chapitre sur les ruses du myocarde (mais, finalement, si les conclusions de cette science sont que les êtres vivants, jour après jour de la grande histoire, se transforment pour vivre mieux ensemble, alors j'accorde à ces optimistes le plus charmant des crédits). Mme Château qui semble aimer les chiffres me chuchote que le cœur d'un chiot peut battre jusqu'à deux cents fois par minute. « Ben dis donc », je lui réponds.

L'instant d'après, c'est l'histoire du puzzle. Des milliers de pièces ont été disposées sur une grande planche en bois, ordonnées, précisément liées en un tout cohérent presque définitif. Nous sommes sûrs de notre fait, tout paraît tenir et logiquement s'agencer. Nous ne les avons pas encore soudées de colle mais c'est certain, on ne fait que passer, saluer la vie naissante d'un chien parmi des millions et nous retournerons ensuite à nos jours douillets. Et là, quelqu'un qui nous ressemble se lève, marche d'un pas décidé et cogne l'angle de la planche pas si bien ajustée que cela, les tréteaux mal équilibrés cèdent et la jolie marqueterie s'effondre. Tout est à nouveau désordre, pour tout reconstruire, il faudrait longtemps et l'on s'abandonne à l'idée de ne pas en avoir envie. Qui sauf l'insensible pourrait en cette seconde faire machine arrière, toucher de ses doigts le pelage des intenses promesses, le reposer de son propre chef puis tourner le dos à l'aimable avenir ? Personne sauf à ne plus rien comprendre des branchements du cœur. Alors le convertisseur se met en marche, en quelques secondes, des heures et des jours de résolution à ne pas céder se transforment en la certitude du contraire. On le sait, s'acharner à se convaincre c'est se préparer à ne plus y croire.

Je le dépose au sol avec la précaution d'un joaillier, me tourne vers Mme Château qui ne dit rien trop inquiète d'interrompre l'élan et je lui demande quand. Quand je pourrai venir. Le chercher. Question simple, à quoi bon faire des manières ? Je sais qu'il s'agit de la bonne décision car il n'y a pas eu à décider et que les salves de bon sens se sont fracassées les unes après les autres contre ce rempart qu'on appelle l'évidence.

Dans un mois, me dit-elle. Un souffle, une éternité, cette façon qu'a le temps de ne jamais aller à la bonne vitesse. Sans me demander si je suis absolument sûr de mon choix, elle sort de sa poche un collier bleu et entoure son cou minuscule, la société canine n'échappe pas à ce genre de détermination. Je repère que ce chiot est celui de la meute à la lice blanche la plus étroite, inquiet d'une éventuelle permutation, mais je sais que même sans cette prudence nous nous reconnaîtrions parmi les foules. Mme Château me propose de faire une photo, ça me rassure et me ravit, elle sera l'échographie brandie par tout parent ébahi et convaincu d'intéresser la terre entière. De son Polaroïd sort le cliché d'un chiot sublime et d'un homme niais d'ivresse ; toute notre vie, il sera le plus photogénique et ne me laissera que les honneurs de second plan. Nous commençons à revenir vers la terrasse de la maison, je prétexte n'importe quoi pour retourner aux oreilles immatures de cet être sans nom, inconnu il y a dix minutes et m'ayant, qui sait, déjà oublié, Mme Château la douce fait mine de rien. Nous voici seuls. Je lui chuchote que je vais revenir, qu'il ne doit pas s'inquiéter, qu'il se cache des autres acheteurs, qu'il profite bien de ses frères et sœurs, que je serai toujours là pour lui et que le bonheur se décide. Aussi merci d'avoir choisi cette planète et ce siècle. À cet âge, les chiots sont sourds mais le cœur a son langage ultrasonique.

À cet instant de la mienne, je sais qu'une autre vie va me rejoindre, qu'elle va cuirasser et exposer mes lendemains. Ce canidé puant et stupide qui n'apporte rien au monde, que d'autres négligent ou rouent de coups, n'attendra rien que nous soyons à côté, à entrelacer nos fortunes et tenir la vie en respect. L'amour dont il s'agit sera sans conditions. Il s'en fichera de beaucoup, de mon rang, de mes richesses, de mes vertus et de mes manques. Il m'aidera à défricher les importances et nous réduirons ensemble cette existence au luxe de l'essentiel. Il sera là à ensauvager mes jours et ni lui ni moi ne serons plus jamais seuls. Cela peut suffire à être heureux. Qu'il advienne le meilleur ou le pire, les larmes ou les rires, les honneurs ou les blâmes, il voyagera dans sa constance et les ondulations de mon existence sans jamais céder à notre histoire un pouce de sa loyauté, sans me juger, prêt à donner la sienne si nécessaire. Il m'augmentera. Ce lien, ce n'est pas tout à fait banal. Je sais que cette vie commune aura ses joies et ses peines mais c'est ainsi, les chemins menant au bonheur sont pavés de bien des affres, les trajets directs n'existent pas ou alors c'est vers autre part que le bonheur.

En entrant dans la cuisine, je jette un dernier regard vers l'espace des chiots, dix mètres plus bas. Nul ne croira qu'il me regardait encore.

Sur une chaise, un tablier de cuisine. Sur la table, une nappe à prairies et moulins. Dans l'air, le tic-tac fort d'une horloge aux secondes importantes. Mme Château me propose un café de ferme, de ces cafetières remplies à demeure, toujours en chauffe, et ces tasses immenses qu'on descend par épisode. Pour la tarte aux pommes, je lui réponds oui un petit bout et c'est une pleine moitié qui m'est servie, ici les corps des hommes sont épais, on ne pèse que les veaux. Nous rédigeons quelques papiers, j'écris ce qu'elle me dicte, je pourrais signer une promesse de dettes. J'apprends que la mère se nomme Thémis et le père Salto, mélange de justice et d'acrobatie, improbable ascendance. Je demande à mon hôte pourquoi donne-t-on toujours aux filles des noms de bonne élève et aux garçons les attributs de la malice. C'est culturel, me répond-elle, et si l'on veut combattre cela, il faut accepter la latence et l'invisibilité des effets de notre lutte, le tout dit depuis un mug à lapin bleu.

Je dois verser quelques arrhes, chacun sa lice, pour Mme Château, c'est son assurance fidélité. Dans son convertisseur à elle, trois lettres égal trois chiffres. 900 euros. Rien ou beaucoup, c'est selon. L'annonce le précisait, c'est lié au LOF, je ne vais pas jouer au surpris. Je n'ai que faire des confirmations futures mais je m'y plie. Comme toutes les noblesses estampillées, le pedigree m'indiffère et je sais que je n'imposerai jamais à une bête notre manie des communions et des breloques.

Que l'idée de pureté domine celle du métissage m'effraie mais je m'en fiche, je paie. Je m'en fiche surtout de dépenser tout mon argent, s'il le faut, nous alignerons, une fois n'est pas coutume, la valeur au prix des biens. J'aurais pu retourner à la SPA et faire d'un geste deux œuvres. J'aurais pu me poster au milieu du monde et attendre qu'un chien me préfère. Mais c'est ainsi, cette annonce m'a avalé. Si je le pouvais, je paierais tout d'un coup, que ce chien entre pleinement dans ma vie.
– Vous avez déjà une idée de nom ?
Chez les bêtes, on ne dit pas *prénom*, la zoolâtrie a ses bornes dont celle des baptêmes assimilés.
– Non, pas encore.
– Si vous trouvez avant votre retour, dites-le-moi, je l'habituerai, c'est mieux.
Je ne sais pas si j'ai envie qu'un autre que moi le nomme la première fois.

Je dis au revoir à Mme Château ne souhaitant que cela, le revoir, mais je n'ose lui demander.
En regagnant le van, je ris beaucoup d'avoir cédé et j'en suis, je crois, un petit peu fier. Car si les êtres déterminés ont mon admiration, j'ai pour ceux qui errent un indécrottable petit faible.
Sur la route du retour, je suis dans ces états gazeux, hors-sol mais solidement ancré au réel. C'est toujours le cas après les petites audaces, tout semble acquiescer et l'on perçoit des cortèges de signaux favorables, de ces rares instants où tout

se cale et qui embrasent une vie. Sur Inter, Souchon chante les soifs d'idéal ; une critique encense Jean-Noël Pancrazi, Grand Prix du roman de l'Académie française pour *Tout est passé si vite*. Quelqu'un quelque part chercherait-il encore à me convaincre du juste choix des vies honorées ? Car c'est bel et bien le projet d'une existence déjà pourvue de ses joies en abondance, qu'aucune minute ne tombe dans le vide, et en cela, je serai désormais assisté d'un métronome enchanteur.

Ma veste bleu marine est couverte de petites chutes d'un indigent duvet. Il y a du blanc, du noir et quelque marron.

La fortune a frotté deux étoffes inconnues et il semblerait que la vie me demande, en alchimiste convaincu, d'en faire quelque chose.

IV

De retour au Bourget-du-Lac, l'appartement me semble plus vide qu'à l'habitude. C'est d'avoir vu la vie. Commence un mois d'attente, joyeuse, impétueuse et qui pourrait combler, mais s'il passait vite, ce serait aussi bien. Me méfiant de l'impatience, je cède volontiers à son plus doux associé qu'est l'imaginaire, celui-là réussit la prouesse d'à la fois frustrer l'empressement et de s'en délecter, il réchauffe quand l'autre brûle. Alors l'attente, comme par féerie, se met à garnir plus qu'à creuser, et s'installe le bonheur d'annoncer le bonheur.

Je m'assois par terre, au beau milieu de la grande pièce et de quelques bourrons de poussière. Je le vois déjà s'approprier l'endroit. Je le figure japper, courir, glisser sur le carrelage, y pisser souvent, se cogner aux pieds de la table, s'affaler sur le tapis, rouler des yeux, dresser l'oreille au moindre chiffonnement, se mettre en quête de sa queue, mordiller tout ce qui passe, embuer la baie vitrée, laisser des laissées, faire les mille âneries qu'on attend de lui et recommencer. J'ignore par quel saccage il débutera, s'il pouvait s'agir de la lampe verte à franges de l'oncle Bernard, je l'engueulerai mollement. À la salle de bains, il regardera de longues minutes le linge tourner et envisagera de le stopper à la force de sa patte, la gauche si la droite n'y parvient pas, ses émerveillements n'abîmeront pas ma vie. Je ne l'imagine que jeune. Il aura tôt fait de situer son mirador d'où il ne ratera rien de mes allées et venues, assuré d'encaper la plupart. *Ruban bleu* recomposera les lieux à sa façon et nous nous épargnerons la charte des colocataires. Bientôt nous serons deux à croiser nos milliards de cellules, à nous chercher, à nous poursuivre, à nous modeler, à nous suffire. Pour emménager, il lui faudra deux écuelles et à peine une paillasse, les chiens remuent votre vie de peu d'éléments. Son baril de croquettes se tiendra là où on lui aura trouvé une place et chaque soir de notre histoire il m'invitera à en retrouver l'exact emplacement. Il est là, je ressens déjà sa présence, sa tête engluée à mes rotules, son ronflement serein, son odeur après la pluie, le présage poussé à l'intense offre jusqu'aux perceptions du corps, les chamans assurent que l'on peut, dans une transe tranquille, aux êtres lointains s'enlacer. Je jette un œil au jardinet et me dis *Vivement*, ce mot qui néglige à ce point la vie. On dit qu'il faut l'avoir perdu pour se rendre compte du bonheur ; j'en doute, dans sa tenue et dès sa venue il est éprouvable.

De cette union, je n'attends rien et j'attends tout. Lorsqu'aura sonné l'heure de faire les comptes, en l'an 3000 s'il vous plaît, je crois deviner que cette histoire, comme les amours véritables, m'aura offert tout autre chose que ce que j'imaginais trouver.

J'y pense, il me faudra avertir mes propriétaires de l'imminente arrivée d'un chien. C'était une condition à ce que je puisse emménager : « Vous n'avez pas de chien au moins ? » J'avais dit non, la vérité du moment n'est-elle pas la seule qui vaille ? Et s'ils n'acceptent que les petites tailles, les gens aux grosses voitures c'est souvent cela, nous serons tranquilles encore quelques semaines. Au pire nous nous ferons virer, nous tournerons le dos, nous hausserons les épaules et nous partirons.

Pour ce mois d'attente, j'ai une occupation toute trouvée qui fait voler les autres en éclats. Il faut bien ça.

Depuis Mme Château, je n'ai que cela en tête. Le juste baptême.

Je pourrais ne pas le nommer ce chien, après tout, les bêtes entre elles s'en fichent des petits noms et nous échapperions à cette grosse patte mise par l'homme sur l'animal ; donner un nom, n'est-ce pas la première des emprises ? Ainsi je ne l'appellerais pas et il viendrait à sa guise. C'est une idée jolie mais je crains qu'ainsi nous nous privions des attributs de la complicité et soyons réduits à l'anonymat des vulgaires sifflements.

Je pourrais le coder X23 comme le font les scientifiques des cachalots, trop inquiets d'aimer un autre que de leur espèce ; donner un nom, n'est-ce pas la première des déclarations ? C'est l'anthropomorphisme en inversé, son refus d'en être et qui fige certains hommes à un tel écart de l'animal qu'ils le méconnaîtront à tout jamais, passant au loin des bonheurs de coexister. De mon côté, je suis si intimement convaincu de mes différences avec *ruban bleu* que je ne crains pas de m'égarer dans quelques rapprochements qui ne seront pas des confusions, dont celui de céder à nos rites d'attribution car chez nous, c'est comme ça, la vie surgit deux fois : au premier souffle et reconnu d'être nommé. Alors je lui cherche un nom, ça ne fait pas de moi son père.

Des jours et des jours que je tâtonne. Certaines heures, je force la recherche, je me concentre, je consulte, je feuillette, j'annote, je biffe, je trie, je classe ; d'autres, je laisse aller, de cet alternat percent les révélations. Parfois, il me semble avoir trouvé mais une petite brume me dit que je suis encore à côté, quelque part un nom m'attend et pas un autre.

Nommer un être, ce n'est pas tout à fait rien, l'on sait trop quel rapport embarrassé on peut entretenir avec son propre prénom, cette marque intime, collante et qu'on n'a pas choisie, à laquelle au mieux, au bout d'une vie, l'on se fait mais qui souvent nous dépareille jusqu'au sérieux projet d'en changer, jusqu'aux manœuvres d'un surnom plus apprêté. Mes amis m'appellent Pinpin, on dirait l'idiot du village mais je le préfère dix fois à l'officiel.

Piocher dans l'état du moment, ériger discrètement le mémorial de sa propre histoire, sous-entendre ses petits faibles, écrire un message à l'adresse du monde, provoquer les lendemains, assuré que ce baptême aura son action puissante sur l'être baptisé, vocation à ce qu'il réalise ces grandeurs dont on a été bien incapable, c'est tout cela choisir un nom. En vingt-six lettres et c'est tout.

Pour ce qui est de *ruban bleu*, deux points me viennent en secours.

Le premier est sonore. Il faut un nom court, claquant, qui au-delà de le nommer facilitera le rappel du cabot lorsqu'au beau milieu des mille tentations d'un parc de ville bondé, ma prétention sera qu'il revienne hâtivement à mes pieds, non pour m'en dire le maître mais aux fins de circonscrire le foutoir à seulement notre vie. C'est une règle absolue, lors des recherches de nom, on ne susurre pas les idées. On les mugit. Il faut se représenter au centre d'une immense foule bigarrée, des êtres aimant les bêtes, d'autres souhaitant leur radiation, son chien n'obéissant qu'à désobéir et nous assez seul, hurlant son doux nom du retour rêvé, priant que les catastrophes et les réprobations associées soient réduites à l'acceptable. Ce n'est qu'au prix de cette projection mentale et des expériences passées que l'on peut valider une trouvaille, que l'on mesure comme tous les jolis noms précieux ou exotiques seront inopérants et à rayer de la liste. *Mnémosyne* ou *Apollinaire* par exemple, en dépit de leurs promesses, sont parfaitement inadaptés aux rêves d'une vie légère.

Le second appui vient de la Société centrale canine, qui depuis 1926 associe à chaque année une première lettre de nom. C'est l'usage que l'on peut juger idiot et auquel on est libre de déroger, mais si le maître s'y est plié on sait immédiatement l'âge de son chien. Nous devrions faire ainsi entre nous les hommes, connaître le prénom de l'autre protégerait de bien des inconvenances pouvant s'immiscer dans un échange où la question de l'âge, coquetterie des êtres au long cours, fera nécessairement irruption mais doit être tue. Pour 2003, il s'agit du U, c'est une bonne affaire, l'embarras du choix se réduit. Surgir l'année du U resserré, décidément l'apostolat de *ruban bleu* est de m'arranger la vie.

Un nom en U donc. Qui en dit un peu de moi mais derrière lequel me cacher, qui oriente sans prescrire, épicène liberté pour un petit chiot d'un jour cinquante kilos qui devra aux magies de l'appellation son infinie délicatesse. Un nom qui, plus de dix ans je vous en prie et pour l'éternité, grappillera autour de lui toutes les possibles joies et fera, à la faveur des jours, de son mieux avec les peines. Un nom qui le désignera, le définira peut-être, le réduira sûrement pas, un nom qui sera associé au mien comme l'on tatouerait la vie. Un jour j'ai cru trouver, *Utopie*, c'est beau d'y croire, mais trois syllabes c'est une de trop et comme tous les mots prometteurs, ça fait fille.

Et les premières gelées sont arrivées. Vivre en montagne rend sensible aux saisons. Pour qui ne saurait plus à quel mois se vouer, il suffit d'ouvrir les yeux, le milieu vous donne la date. L'automne, le vert se mêle au cuivre, le ciel intensément bleu, les sommets de nouveau saupoudrés de blanc, couleurs, nuances et leur synthèse, la lumière. L'envie de retrouver le froid et le picotis des joues, je décide une après-midi d'aller fouler le versant de la montagne à l'ombre de la Dent du Chat. Ainsi, c'est comme accueillir l'hiver. En face, sous la croix du Nivolet, la nature est en feu, le soleil d'ouest donne à plein. Je me promène une des dernières fois seul dans une belle obscurité, radieuse austérité, comme caché mais auprès des clartés du monde. Pour ce versant des montagnes privé du soleil, les Savoyards disent l'*envers*. Ou le *revers*. C'est comme prendre la vie à rebours, tapi sans être transi, reclus mais pas exclu. Ici, il me semble être à ma place. En tête, les grandes pages de l'alpinisme, l'audace des pionniers défiant

l'âpreté des faces nord. En tête, l'histoire terrienne de l'Alpe quand les hommes et les femmes aux petites conditions vivaient à l'ombre pour offrir le soleil aux cultures et donner une chance à la vie.
Il fut un temps où, accroché au-dehors, on s'en fichait bien de la vitamine D.
Alors le léger trouble qui me chuchotait *pas encore* s'est effacé, tac, d'un coup.
Comment n'y ai-je pas pensé plus tôt, on se demande toujours avec ce qui va de soi.
Les limpides.
Des lettres, quatre, comme de la terre au feu.
Des syllabes, deux, fuyant la lumière mais ne refusant pas les éclats du bonheur.
Deux syllabes claquant comme un seul être.
Ubac.

V

Ubac est là dans la cuisine, je pourrais croire qu'il m'attend.
Le regardant discrètement par la fenêtre, je peine à croire que nous allons repartir ensemble. C'est lui, c'est sûr, les changelins ne sont pas de ce conte, je reconnais sa petite lice et cette façon de se déplacer, mi-gauche mi-féline, il chaloupe. Il est beau. Incroyablement beau. Je l'observe rencontrer la vie ; sa truffe plaquée au carrelage, il y a tous les dix pas une nouvelle galaxie à explorer : un pied de table, un sac de pommes, deux bûches de bois, une pantoufle, un autre pied, le même sac de pommes. Aucun trésor ne vaut plus que le suivant, l'idée est d'amonceler. À chaque bruit, il s'arrête et veut savoir, mesure-t-il tout ce qu'il y a à apprendre ?
Il y a ces instants, si rares, souvent jamais, quand la vie vous dépose exactement où il le faut. Tout s'accorde, de la lumière aux sons des mots, des choses humaines aux perspectives. Comme si,

malgré ce qui ressemblait jusqu'alors au hasard, aux dérives et à un statut de spectateur, tout avait été mis en place pour vous offrir cette scène et ce rôle qu'il s'agit d'endosser avec force.

Mme Château m'a épargné le tableau des séparations, à la fratrie, à la mère, là dans la cuisine c'est comme si Ubac venait de nulle part. Peut-être ont-ils pleuré, peut-être a-t-il hurlé d'effroi ? C'est inhumain d'arracher un être à sa famille, les hommes entre eux, par la morale et la loi, sont condamnés pour cela. Les bêtes, elles, ne ressentent rien. C'est assez commode de jurer à leurs absences, on résout là bien de nos tourments. L'homme, après tout, fait ce qu'il veut de la sauvagerie ; quand ça l'arrange, il l'érige en modèle suprême, implacablement juste, d'autres fois, il se pince le nez face à tant d'une vie sans cœurs.

J'entre sans frapper, c'était la consigne.

Ubac cesse toute exploration et accourt vers moi, on lui aurait soufflé comment bien faire, il n'aurait pas mieux agi. Je l'attrape et le porte à mon cou, j'aurais peut-être dû descendre à lui, nous nous embrassons ou quelque chose comme ça, sa microlangue est râpeuse comme un buvard et son haleine n'est pas celle qu'on attend d'un deuxième rendez-vous. De ses petites dents aiguisées, il mordille mon col de chemise puis mes doigts qui lui disent un faible non. Il a doublé de volume mais on lui sent les côtelettes, il est désormais vêtu d'une sorte de laine affleurant sur tout le corps, sa truffe

et ses coussinets sont rose dragée, ses pattes de taupe sont plus aimables, ses yeux se sont désenglués et sa petite queue, on dirait un métronome réglé sur 200. De son petit radis que l'infirmière retoquerait sans sourciller, il me pisse un peu dessus, de joie dirons-nous. Mon Dieu qu'il est beau. Je demande confirmation à Mme Château qui me dit oui très beau, elle aussi dans sa robe bleue, elle nous regarde l'œil humide, elle ne s'y habituera jamais. Je le repose délicatement, démontrant à qui veut le voir qu'il est entre de bonnes mains. Nous nous asseyons sur les chaises paille et chêne, le café est chaud, la toile cirée nettoyée. Il semble se tenir dans cette pièce toujours une tarte tiède, aujourd'hui, c'est poire.
– Eh bien voilà, on y est.
– Comme vous dites, oui.
– Alors vous avez choisi son p'tit nom ?
– Ubac.
– C'est joli.
– Je trouve aussi mais je suis mal placé.
– Ça me rappelle l'école, je ne savais jamais lequel était au soleil.
– J'avais cette confusion aussi.
– Remarquez, j'ai toujours préféré les questions aux réponses.
– Ça tombe bien, les jours en regorgent.
Je dois signer quelques derniers papiers dont un chèque. Elle gribouille une chose, me tend un carnet de santé, « Ubac » écrit dessus, c'est idiot,

ça m'émeut, jusqu'alors je ne l'avais que dit. Elle m'explique le protocole vaccinal à venir et quelques règles de transition dont le nombre de repas, les quantités et la marque de croquettes. Que cette dame est délicate, elle me conseille sans ordonner, m'alerte sans m'angoisser. Ça va être bien, me dit-elle. Que la vie l'entende.

Cette cuisine me fait l'effet d'un sas. On quitte définitivement un monde et on entre irrémédiablement dans un autre ; il y a une fin, il y a un début et d'impossibles marches arrière. En quelques paraphes et trois kilos de poil, rien ne sera plus comme avant. Ubac, comme il le fera si souvent, s'échine à soustraire du solennel à l'instant, il a subitement porté son goût de l'exploration au train arrière du chow-chow domestique, ses petites pattes avant posées sur les hanches dans un mouvement saccadé sans équivoque, l'autre refuse plutôt. Nous rions avec Mme Château, les chiens ont ce don d'anéantir toutes ambitions cérémoniales ou de nous aider à les fuir. Si sa sexualité n'est pas encore tout à fait déterminée, elle semble pour le moins précoce et vivace. Toute notre vie partagée, je me demanderai si mon compagnon de mâle en quête de partenaire l'est par goût des plaisirs charnels ou pour un motif plus grand lié à la reproduction de son espèce. Le jour où il attrapera avec vigueur la jambe de Louisette, ma voisine octogénaire à moustache, je saurai qu'il ne s'agit ni de l'un ni de l'autre.

Puis Ubac se couche à mes pieds, appliquant à la lettre le manuel du parfait adopté. Il est épuisé, il a plus fait en une heure que depuis qu'il est né. Mme Château me dit qu'il est déjà venu dans la maison avec ses frères et sœurs, qu'elle fait ça avec tous les chiots pour qu'ils s'habituent au monde divers, à l'aspirateur, à Jean-Pierre Pernaut, aux portes qui claquent et à l'agitation des humains. Je la remercie, c'est stupide. Et si c'était aux hommes de se mettre au calme des bêtes.

Voilà, nous y sommes à notre vie commune ; c'est anormal, habituellement, il en faut des rendez-vous successifs, des espoirs et des craintes, des roses et des poèmes, des cliquets prudemment actionnés avant que deux vies s'accordent. Avec un chien, vous entrez seul, l'heure d'après, vous ressortez unis. Ce que l'on perd en langueur on le gagne en puissance.

– Je connais mes chiens… les chiens. Je sens qu'Ubac est heureux de partir. Je ne dis pas ça pour vous rassurer.

– Vous me rassurez quand même.

Le veut-il vraiment ? Est-il heureux ainsi ? Ces questions seront les douces rengaines des années à venir et elles n'auront de réponses que la grandiose et terrible interprétation.

– Avec les gens, au moins, on sait, ils parlent.

– Oui mais ils peuvent dire ce qu'ils veulent.

J'aimerais discuter des heures avec cette dame. Il se peut que je sois en train de tomber amoureux d'elle, moins pour elle que pour ce qu'elle est : de l'amour, tout simplement la source.
Je me lève, Ubac aussi qui me suit. Merci petite chose de me faciliter l'instant, je n'aurais pas supporté un début contraint où seule la poigne de l'homme décide de ton sort. Mme Château et moi nous disons au revoir, c'est un concert de mouchoirs, chacun accordant à l'autre l'idiotie de pleurer. Des années durant, je lui enverrai des photos du chien, comme le font les geôliers : des preuves de vie.

Nous (oui, nous) quittons la ferme. Je fais des signes de la revoyure. Je suggère à Ubac de dire au revoir et j'éclate de joie d'être à ce point à côté de la plaque.
En tournant après le portail, je remarque que le lieu-dit se nomme Le Bûcher, je n'y avais pas prêté attention la première fois. Ce mot pourrait dire la fin et les consumations, mais c'est bien sur les ardentes promesses qu'il souffle. Je fais part de cette vision à Ubac, il semble d'accord, acquiesçant de la tête comme le font les faux chiens de plage arrière. C'est une habitude que nous aurons toujours : discuter. Et lui demander son avis. Peut-être est-elle née à cette minute précise sur cette piste cabossée lui faisant hocher la tête ? Lors de ces conversations, il m'exprimera parfois son ennui à

ce que je lui récite des discours mille fois entendus, mais le plus souvent il m'offrira son écoute et son approbation. Il arrivera que je lui fasse dire ce que j'avais envie d'entendre mais, à quelques reprises décisives, il m'indiquera non et j'obéirai à son goût immodéré de l'honnêteté.

Je l'ai installé sur la banquette avant du fourgon. D'ici, il voit le loin. Il n'en perd pas une miette. Tout défile, rien n'est fixable.

– Tu sais, le monde ne va pas toujours à cette vitesse, si on le souhaite, ce peut être plus doux.

On dit que tout chiot doit voyager en cage, que c'est mieux pour lui et la sécurité de tous. Pour quel être vivant est-il plus protecteur d'être enfermé ? Si le danger c'est freiner, alors nous ne freinerons pas. Ubac ne semble pas malade en voiture, en voilà une bonne nouvelle car il y a l'océan à voir, les montagnes lointaines, les horizons et la Patagonie. À chaque arrêt de mon Trafic, pour un feu rouge ou autre, Ubac décide qu'il est le moment de la grande traversée entre banquette et siège conducteur. Je crois qu'il aimerait se lover entre mes jambes. Je lui dis un non qui sent bon la liberté. Alors il vient, il va et il chute, après tout il est chez lui.

Au péage où l'on paie, la dame du cabanon l'aperçoit et son visage aussitôt s'illumine. C'est à cause de sa beauté. C'est une constante avec les chiots, vous embellissez la vie de celles et ceux que vous croisez, hormis les êtres faits de glace ; une demi-minute suffit et il n'est là plus affaire de goût. Ils cessent immédiatement ce qu'ils sont en train de faire, fixent cette merveille vulnérable, s'abaissent et lui disent d'une voix de l'enfance qu'il est, p'tit père, trop mignon ou trop mignonne. Certains jours, cet engouement irradie jusqu'à vous effleurer, vous parvenez à vous persuader que c'est un peu à vous qu'on le dit mais cet espoir est de courte durée. Au mieux, vous bénéficiez par ricochets de cette célébration de la beauté et c'est déjà ça. Cette cote des chiots est méritée, ils ne s'épuisent pas à plaire, ils sont et cela suffit, la beauté sans dessein d'en tirer parti est une volupté supérieure de l'ordre de la grâce, quelle leçon pour nous les paons. Il y a chez l'animal cet éclat, quelque chose que les philosophes ont nommé le don pur : je n'ai pas voulu te donner, je ne perds rien en te donnant, n'imagine pas que ce don t'appartienne, par tous il peut être partagé, mais s'il te fait du bien ne nous en privons pas, et vive la gratuité. C'est un peu le café de Naples, suspendu et offert à qui voudra.

Le plus souvent, l'admiration passée, les gens demandent son âge, s'il s'agit bien d'une fifille, comment il s'appelle, et vous expriment dans un soupir d'envie comme ils aimeraient eux aussi garnir leurs jours de cette compagnie. À chaque fois, mécaniquement, je leur réponds que rien ne les empêche. La plupart piochent alors une excuse qui a déjà traîné partout et que l'on récite jusqu'à y croire, du travail sans horaires aux vacances sans garde, de l'appartement sans balcon au conjoint sans cœur. Il manquera toujours quelque chose, attendre l'alignement général est le plus infaillible des surplaces. Quelques-uns, les moins nombreux, concèdent leur peu d'audace. Enfin, une dernière catégorie, appelons-les les maladroits, jurent devant vous qu'ils ne reprendront jamais de chien tellement ils furent terrassés de chagrin par sa mort. « Quand il est parti. » Je n'ai jamais compris, devant tant d'une vie naissante, que l'on évoquât la mort, nous en aurons plus tard assez le loisir.

Nous arrivons au Revard, cet immense plateau nordique sur les hauteurs d'Aix-les-Bains. Il est rare qu'il y ait déjà tant de neige à cette période. Un bisolet souffle, on dirait l'hiver.

VI

De nombreux promeneurs sont venus la toucher, se rouler dedans, y glisser dessus. La première neige est magnétique, toujours, c'est comme si nous savions déjà qu'un jour prochain, elle n'existera plus. Les restaurants d'altitude ouvrent à la va-vite, quelques loueurs de skis s'activent, ça sent le fart et la frite. Ubac aussi est impatient, il gigote sur la banquette, a-t-il déjà compris que ce substrat blanc ouvert à toutes les idées sera notre fidèle compagne ?
Il voudrait sauter du siège, je l'en crois capable, l'appréciation du risque doit venir plus tard chez le chien ou ne pas être au programme. Je le pose au sol. Il remue calmement, la neige ne le sidère pas, un des ancêtres de son razana bernois doit lui chuchoter qu'il n'y a pas lieu de la craindre. Ça y est, je l'observe exister à mes côtés, débute une vie à regarder par terre. Je pensais que si mais je ne crains pas qu'il s'enfuie. Ubac s'arrête à la

moindre chose et s'y fixe. De surprise, d'ébahissement, du plaisir d'attendre. Un insecte enneigé, un cri d'enfant, l'ombre d'un nuage. C'est charmant comme il fait. Il s'enferme joyeusement dans chaque instant que lui offre la vie, épris follement du présent, hermétique à tout le reste puis, à la moindre occasion et sans l'annoncer, il accepte tout aussi volontiers d'en sortir et que sa vie prenne soudain une autre direction que celle envisagée à la seconde précédente. D'apothéose du moment en apothéose du suivant, il va, le calcul ne semble avoir aucune place, ne règne que la joie simple et opiniâtre d'exister. C'est cela vivre avec un chien, c'est réapprendre qu'une heure est faite de soixante minutes valant chacune d'être considérée, s'octroyer le droit de papillonner de l'une à l'autre, se rendre saisissable à la surprise et à l'incertitude, ces sources inépuisables d'espérance.

Tout de même, il doit être inquiet car il ne quitte pas mes godillots. Il y a quelques mètres, il s'épuisait dans la neige meuble, il a depuis compris, malgré les enjambements, que mes cratères de chaussures étaient plus commodes. Il me suit. Comme un chien, disent les cons. Ce matin encore, il avait ses sœurs, ses frères, sa mère, l'humus de sa terre pour l'apaiser, et en un enlèvement, hop, il n'a plus rien que moi. Sans moi, ici, il mourrait de froid, de faim, de ne pas savoir. Alors il y a ce sentiment, vertige flatteur, d'être de ce petit nidicole le protecteur, et comme une honte à surmonter ce geste

cruel : le rapt. Cela viendra, pour que je gagne sa confiance, il faudra des heures et des mois, j'ai beau lui dire qu'il n'a rien à craindre, je sais qu'entre nous les jolis bavardages ne vaudront qu'éprouvés par les actes et leur constance. Ça me va, tout ne s'acquiert pas en une promesse.
– Tu sais, de toute façon, quelqu'un t'aurait pris. Ce n'est peut-être pas si mal que ce soit moi, non ?
J'ignore pourquoi nous nous évertuons à parler aux chiens. Sans doute chacun de nous rêve-t-il en secret d'être le premier homme sur terre à qui le sien répondra.

Je le laisse vaquer, faire à sa guise, j'essaie de ne pas le prévenir sans cesse, il n'y a rien de mieux pour développer la peur.
Tout à coup, venu de nulle part, un gros malabar de husky s'approche de lui à grande vitesse. Il roule des mécaniques, le poitrail bombé, les naseaux éruptifs, ce doit être un mâle. Voilà que je crains les chiens. Son maître ne semble pas inquiet qu'il fasse d'Ubac son en-cas. « Il n'est pas méchant ! ». Pourquoi diable tous les maîtres de chiens vigoureux beuglent-ils cette phrase effrayante ? Les deux se reniflent, les chiens font connaissance par l'arrière. Ubac veut jouer, à cet âge, seul compte l'amusement, on ne sait rien des vices du monde. Il ne paraît terrifié de rien, soit il n'a pas le sens des proportions soit son histoire lui dit que cet autre

est clément. Est-ce cela l'instinct ? Moi, j'aurais affaire à un congénère vingt fois comme mes frêles épaules et qui se rue vers moi en soufflant fort du nez, quoi qu'on puisse hurler de sa gentillesse, je serais pétrifié et assurément il ne me viendrait pas comme réflexe diplomatique l'idée de lui renifler la poupe. Le husky s'en va comme il est venu, Ubac passe à autre chose. Nous avons, lui surtout, réussi notre première médiation.

Sur un grand plateau blanc, il n'y a pas de hasard dans les déplacements, on va vers un repère, un point remarquable. Les gens s'approchent de la boulette noire, cette petite attraction. Jusqu'aux plus soucieux de ne pas céder, Ubac aimante les cœurs et lie les gens, heureux d'avoir trouvé une autorisation à l'être. C'est une chorégraphie ravissante et d'en être l'objet satellite ne gâte rien, certains n'ont des chiens que pour ça : la métrique de l'audience. Il se fait appeler Pépère beaucoup comme si la vie était un cercle. Quand je leur dis que c'est Ubac, on me demande où est Adret, il va falloir que je me fasse à cette blague de géographe. Les plus experts me demandent où il a mis sa barrique de rhum, je leur dis que ce sont les saint-bernard qui portent la gourde, deuxième réplique à apprendre par cœur. En réalité, elle me plaît cette attirance ; à la fois vivre ensemble, cachés s'il le faut, suffira ; à la fois quelques exhibitions et les suffrages associés ne feront pas de mal dans une vie si souvent privée du sentiment de sa propre utilité. Nous sommes maintenant dans la forêt. Je regarde Ubac s'échiner dans la neige penchée. Ici, la terre fait des plis. Il aurait pu tomber sur un pêcheur et ses bords d'étang, un viticulteur et ses rangs de vigne, c'est en montagne qu'il va vivre. Bien sûr que je lui impose mes substrats, mes appétits et leurs variations, ce qui fait ma vie va le façonner, le déterminisme qu'ailleurs je combats, j'en suis. Me voilà promu responsable en chef de ses métamorphoses. Descartes se trompait, les animaux ne sont pas ces êtres régis par un principe universel qui dirigerait identiquement leurs actions et ce qu'ils sont. L'inné ne règne pas en maître absolu et se distinguer n'est pas l'apanage de l'homme unique, sensible et pensant, quoi qu'il puisse prétendre. Selon ce qu'Ubac fera, percevra et éprouvera, selon ses alentours, il variera de ses onze frères et sœurs à la destinée singulière, et cet environnement, prétention ou charge insondables, j'en serai l'acteur premier. Des frottements de la peau aux bruits de la vie, tout ce que je lui suggérerai le déviera de son absence initiale de projet et il n'est nullement question de m'affranchir de cette responsabilité. La réciproque sera là, sa présence me changera et ensemble nous tiendrons la dragée haute aux immuabilités du destin, à quoi bon la vie si ce n'est un peu la manœuvrer.

Parfois Ubac s'essaie à pleurer. Il s'assoit, s'immobilise assez fermement et geint.

Je ne l'imagine pas faire cela avec sa mère, a-t-il déjà saisi mes faiblesses d'homme ? Que veut-il me dire ? Ne voulant rien d'une vie qui refuse le trouble, me voilà servi, Mme Château serait ravie, je n'ai que des questions. Simple caprice de flemmard ou souffrance à considérer, le ballet des hypothèses entre en scène, qui variera selon mes propres états mais qui s'amincira au fur et à mesure de notre vie partagée. Nous allons apprendre à nous connaître, à construire un langage intermédiaire. Il manquera la parole mais il y aura mieux. Il y aura les regards, les bruits infimes, les courbures du corps, le sens du poil, ces signaux discrets, perçus de nous seuls et offrant à des êtres si différents de dialoguer. Ubac, qui sait, m'apprendra les phéromones. On touchera alors l'altérité, pas ce grand mot brandi pour faire joli mais dont on sait que l'ambition déguisée est de nous conforter au mieux dans la divine opinion que l'on a de soi-même ; non, l'altérité vraie, celle d'êtres si dissemblables que rien de soi n'est un recours pour déchiffrer l'autre et percer qui il est.

De retour au camion, je propose à Ubac une gamelle d'un peu d'eau. Il boit. Je triomphe d'avoir vu sa soif. Cette modeste lecture me réjouit, le bonheur est un art du peu. S'il met autant d'eau dans son petit estomac qu'il en dépose sur le plancher du véhicule, il aura bien bu. De se voir au fond de la gamelle en inox l'intrigue, il s'aboie dessus. Bientôt, il boira de la bouche à la gueule. Je le dépose sur sa banquette, il est à peu près trempé et autour de lui, comme un buvard, s'organise une sorte d'auréole grisâtre, je ne l'avais pas vu si sale, le poil noir et marron est un camouflage de premier choix. Il n'est pas le moment de penser aux années futures quand je revendrai le van « comme neuf ». Ubac ne m'a-t-il pas déjà appris à ce que le présent suffise quitte à ce qu'il brouille les lendemains ?

Nous roulons en direction de l'appartement avec une étape par l'animalerie. Il dort déjà. La curiosité, l'excitation, peut-être la peur, tout cela qui éveille est terrassé par la fatigue. Aux fins qu'il me revienne, je présume que le sentiment de sécurité y est aussi pour quelque chose.

En conduisant, je mesure la grandeur de cette première journée, ses frissons et ses élans et cet étrange état qui est le mien. Prendre en charge une autre vie que la sienne fragilise autant que fortifie, plus encore dans ce mélange de destins, où le langage du sang ne dira rien et dont je suis l'unique étoupille.

Un fragile rempart, oui, voilà ce que l'arrivée d'Ubac fait de moi.

Et c'est un statut délicieux.

VII

L'animalerie est en périphérie de Chambéry. Elle ressemble aux autres de la chaîne, c'est un cube vert. La voiture arrivant au parking, Ubac s'est réveillé, il pressent le moindre changement d'acte. J'entre avec lui dans les bras, sans doute ne sait-il plus marcher. C'est interdit, mais en sa compagnie rien n'est à appliquer. Besoin, possession, exhibition, il y a de tout cela sans doute ; est-ce indispensable de l'amener ici ? De la Casa Valerio à la tour Eiffel, je me poserai la question sans relâche et j'attends toujours qu'on me réponde.

Combien de fois suis-je passé ici sans prêter attention à ce magasin ? C'est assez étrange le découpage d'une vie, on peut ignorer tout d'un monde voisin du sien, un jour, au gré de l'errance ou du nécessaire, on pousse la porte de cet univers et l'on découvre ce qui se joue dedans : des pensées aux pratiques jusqu'à la démesure des passions.

Ça peut être la philatélie, les cerfs-volants ou la compagnie des chiens, la vie est dotée de refuges par milliers. Puis un autre jour, sans l'avoir vu venir, ce domaine est devenu notre exclusif et il emporte tout.

Pénétrer dans une animalerie, c'est à peu près ce franchissement. On entre ici comme en jungle, en profane, en quête d'un nonos, d'une gamelle ou d'une autre petite chose pour bestiole, et se révèle un domaine aux frontières infinies et à l'autre culture : ses odeurs, ses échos, ses totems, ses gens pas comme nous, son commerce, ses beautés, aussi ses laideurs que l'entrain des débuts pourrait joyeusement masquer. On jette sur ce pays neuf un œil amusé, gourmand ou craintif, on vadrouille, on tâtonne, on se sent gauche. On parlerait ici une autre langue que nous serions à moitié surpris. Entrer avec Ubac m'autorise, je m'en suis saisi comme d'un sésame.

Pourtant je connais un peu ces endroits. Ïko. Mais j'avais souhaité, le temps qu'il faudrait, en refermer la porte. Aujourd'hui, d'y retourner s'envisage. C'est une immense boutique où l'on vous vend du thé, des tasses en bambou, des yuccas, de la soupe d'ortie, des plants de courgette, des tondeuses, des livres pour cuisiner la courge, certains jours des chats. Une sorte de fouillis entre bibeloterie chinoise et bibliothèque aux grimoires antiques vous initiant à des chaires inconnues, un mélange de zen et de babillage où le vivant est honoré à peu près autant qu'il est bafoué. Le vert est ici la couleur chérie. Les gens en ce lieu pensent renouer avec la nature et ses sources, premier pas ou mauvaise direction, c'est selon d'où l'on vient. On peut y entendre des CD de joyeux dauphins et des bruits d'oiseaux vrais, ça sent l'encens népalais ou les négligences du chinchilla selon le courant d'air. Comme les spiritueux, le rayon chien est au fond de la boutique, aux âmes impatientes, les marchands soumettent de longs chemins. Pour aller aux chiens, il faut passer par les oiseaux qui sautent plus qu'ils ne volent puis par les poissons bariolés. Ceux de l'air et de l'eau ne semblent pas *s'aimer d'amour tendre*, le soir peut-être quand les dauphins se taisent. De l'exotisme à chaque rayon, Ubac est au zoo, il dresse l'oreille, j'écarquille les yeux.

On est ici un peu peiné. Quel est donc le projet de ce monde ? Le créateur n'a pas conçu ces joyaux pour qu'ils croupissent ainsi, contraints et cloisonnés ; il avait fait de l'horizon et des profondeurs leur unique bornage puis l'homme les a écroués sans autre procès que sa vision arbitraire du négoce et des sorts inégaux. C'est comme enfermer le vent. A-t-il à ce point oublié comment ces vivants vivent ? Le barbus de Sumatra est à trois euros soixante pièce, une affaire. Sur l'étiquette, il est écrit qu'il est plutôt vif, bon nageur, vivant dans la partie médiane de l'aquarium et apprécié de la communauté ichtyenne (c'est un classique des réclames hideuses, on les rehausse d'un mot savant).

– Sais-tu qu'avec un poilu comme toi, j'aurais pu m'acheter trois cents barbus ?

Vivre avec un chien vous initie aux objections silencieuses et je crois que j'envie ce confort muet de ne pas avoir à répondre à tout.

Je me rassure, me revendiquant en dehors de ce cirque ; malgré ma présence en ces lieux, je ne suis pas le complice de ces conquêtes, Ubac sautera de rivières en montagnes, d'herbes hautes en voies lactées sans autre limite que nos mouvements partagés. Mais n'est-ce pas là une mise en cage aussi amnésique de ses libertés originelles ? Un jour, au beau milieu des rues tristes de Petrich se côtoyaient des chiens errants, en bande, le poil crasse, sur leurs gardes, couverts de tiques, dévidant les poubelles ; et d'autres bien léchés, collier brillant, ventre tendu, chien unique et maître attentif. Je me demandais qui du vagabond ou de l'affaîté était le plus heureux et si l'un d'eux rêvait de la vie de l'autre.

Le rayon canin ne s'en tire pas beaucoup mieux. L'homme ne sait pas quoi faire du chien, déifié ou réifié. Il y a l'intention aimable et il y a de tous les oublis d'une élégance naturelle ne réclamant aucun froufrou pour habiller le monde. Quelle bizarrerie d'aller ainsi vers un être tout à fait distinct mais d'en refuser les nudités mystérieuses et s'employer à n'en faire que son prolongement. Ce détournement oscille entre un mignonisme bonbon et notre passion des pixels projetée sur ces autres qui s'en moquent ; en tête de gondole, le troisième volume d'un film à diffuser à son chien lors de nos absences. Pourrait-il dans sa vie ne prononcer qu'une seule parole, il nous supplierait qu'on arrête de penser pour lui. Le mètre suivant : du spray anti-stress, du dentifrice et des impers écossais, les bêtes sans l'homme attentionné mourraient donc de tout et de n'importe quoi.

Finalement, ce sentimentalisme ne fait de mal à personne sauf à l'humanité tout entière négligeant la force souveraine des uns, niant l'arrogance des autres, oubliant qu'une poignée de milliards d'hommes mériteraient d'être choyés de la sorte. L'attachement justifie-t-il tous ces pouêt-pouêt ? On touche là au jeu trouble des amours indicibles qui portent en eux cette force qui submerge ; chaque objet de ce barnum est d'un ridicule mais, rattaché à un être chéri et embrassant les essentielles symboliques, on lui autorise les plus mauvais goûts. L'on devrait sortir d'ici vivifié, on est comme appesanti. Puis ça passe, l'indulgence des jours heureux balaie tout sur son passage et n'est-ce pas mieux ainsi ? L'on se dit que si tous les hommes se souciaient des pâleurs du bonsaï ou des névroses de la perruche, aussi lourdement soit-il, l'équilibre du monde ne s'en tirerait pas

plus mal. Au rayon croquettes, Ubac s'agite dans mes bras, son odorat semble s'être affûté. Moi qui ne mange pas de viande, je vais admettre qu'on tue bœufs et poulets en pagaille pour que la précieuse vie de ce chien soit repue. Un paquet attire particulièrement ses nasaux remuants, ce n'est pas le moins cher, il aurait d'après ses grosses lettres plein de choses en mieux.
– Espèce de Suisse, va.

Je choisis un collier rouge parmi cent, un tapis brun auquel il préférera sans doute mon sofa râpé, et deux gamelles en inox. Il était de toute façon hors de question d'exhumer les affaires d'Ïko, cette histoire en est une autre et Ubac a le droit à sa vie légère ôtée du fardeau des bégaiements. Malgré mes allergies aux instructions, je cède également devant un livre sur le bouvier me précisant toutes les deux pages de quoi pourrait mourir mon chien au fil d'une vie nécessairement radieuse. C'est aussi pour cela qu'il ne me tarde pas d'évoquer son arrivée, je sais qu'on me servira à qui mieux mieux de la race fragile et de la courte vie. Il en est ainsi de notre société des mises en garde, les pessimistes paraissent toujours les plus lucides car pour qui hurle les issues mauvaises, un jour ou l'autre, les preuves abondent et ils en touchent les intérêts. Un petit sac de croquettes « puppy » complète ce voyage en ces lieux qui ne me disent toujours pas si l'homme est l'espèce la plus aboutie ou la plus inadaptée de toutes.

Un chiot anguille et des achats dans les bras, tout cela est assez pratique. Les gamelles en inox se frappent l'une l'autre, ça semble égayer Ubac et les quelques clients ravis qu'un homme-orchestre ce soir anime le magasin, il est des séquences de notre existence où l'on se contente volontiers de l'à-peu-près. À la caisse, une gentille dame, Sophie, dit son badge, me demande si je souhaite la carte de fidélité du magasin, je lui dis non, ce sera pour aujourd'hui ma résistance à ce monde inversé auquel je participe avec zèle.

– Qu'il est beau ! Il n'est pas vieux, dis donc !

Du bout de lèvres tremblotantes un peu gênées de leur bonheur, je réponds un oui béat, je m'entortille toujours avec les machins interronégatifs. Que Sophie s'intéresse à ce chien, c'est un brevet, me fait la classer sans équivoque dans les êtres estimables, les autres, ceux de l'indifférence, je la leur rendrai convenablement et les tiendrai en grande suspicion. Elle me dit au revoir en souriant et en me souhaitant d'être heureux. Ici, les gens semblent ne pas craindre la vie.

VIII

Je lui ouvre la porte de l'appartement comme on le ferait pour la reine mère ; pour un peu, au prix des coutumes surannées et de l'absence de perspectives, je porterais la mariée au-delà du seuil de la maison. Les larmes heureuses ne sont pas loin, c'est assez fou la puissance des petits gestes, que la vie m'offre de ne pas oublier celui-là. La vieille niche décrépite dans la cour (il fut donc un temps où mes propriétaires ont admis l'idée des chiens) ne l'a pas interpellé une seconde, que nous utilisions la mienne est acquis d'emblée.
Te voici chez toi. Personne ne le sait, nous encore moins, dix fois ensemble nous déménagerons.

Dans le livre, il est conseillé d'organiser savamment les espaces du logis partagé. Séparer les zones dédiées au couchage, au repas, au jeu, à l'attente, à l'ennui, un sas pour le retour des promenades, interdire au chien certaines pièces de la maison, nos exclusives, et d'autres subtilités en démarcation. Tout cela est très commode à Chenonceau, pour ce qui est de mon appartement réduit, alcôve et kitchenette, nous opterons pour les répartitions mentales ou le tout commun.

Un chien réinvente vos lieux. Il fait peu de cas de vos usages, de votre sens de circulation et de votre place préférée. Ubac ne va pas du tout où je pensais qu'il irait, il redéfinit l'endroit vu de ses yeux et de son importance des choses. Je n'aurai de cesse d'observer sa vision du monde pour me souvenir comme la mienne n'en est qu'une parmi d'autres. La *vue lac* qui me coûte un bras chaque mois, il s'en fiche, c'est en plein milieu de l'étroit couloir qu'il décide que ses horizons sont à ce jour les plus larges. Il s'y affale. Bien sûr, le tapis que je viens d'acheter ne tient pas ici. Je le plie en deux, cela lui convient et il s'empresse de se coucher dessus, sa façon à lui de me dire que nous nous sommes compris. Ce que le livre ne dit pas et qui me paraît essentiel est qu'Ubac doit savoir que je ne serai jamais loin de lui mais que cette proximité est d'emblée variable et subjective. Elle pourra faire deux mètres comme cent kilomètres, vingt secondes comme une semaine, elle ne sera pas mesurable car le sentiment de sécurité ne l'est pas, les cœurs proches et qui s'alimentent ne sont pas toujours à touche-touche. Moi, que Guillaume Fostier vive sur cette terre suffit à m'apaiser, je sais qu'à la moindre déconvenue, il surgira du bout de la terre ; être aimé suffit à se sentir à l'abri. Alors je me rends dans la pièce voisine et m'efforce de ne pas m'arrimer à lui. C'est contre nature de s'éloigner des fortunes naissantes mais cette discipline les décuplera. Une minute plus tard, voici Ubac me retrouvant, il gigote du train arrière comme on danserait les canards ; de devenir son familier rassurant est une promotion qui m'honore. Je lui dis qu'il n'a pas à s'inquiéter, qu'il ne lui arrivera rien, nous les hommes avons toujours besoin de sous-titrer l'évidence. À chaque fois que je me lève, Ubac me suit avec plus ou moins de retard, nous nous croisons à mon retour du mètre d'à côté et nous nous cognons. Je tente de ne pas célébrer avec hystérie chacune de nos retrouvailles, jamais je n'aurais cru souscrire à l'idée que banaliser l'amour, c'est le doter des éventualités qu'il s'éternise. En parlant d'amour, Ubac porte le sien sur un pouf noir délavé rempli de billes de polystyrène et que je m'apprêtais à jeter, il le préfère au carrelage, à quoi bon choisir la dureté. Après trois tours sur lui-même, il s'y vautre sans ménagement. J'imagine qu'il doit falloir m'inquiéter : il va commencer par s'y coucher puis s'amuser du crissement des billes puis gratter la housse de ses petits antérieurs puis l'éventrer puis ingérer les billes puis mourir. Mais il se pourrait aussi que cela se passe bien, que ce pouf devienne son camp de base fidèle et intègre, va pour ce plaisir de vivre dans l'illusion la plus durable possible que le pire n'est pas toujours acquis. Ubac s'attarde ensuite sur les petites franges du tapis chiffon de ma grand-mère, en étire une sur cinq avec ses ingénieuses petites dents et ça l'amuse, j'ai bien fait de ne pas lui acheter de toupie chinoise à klaxon. Ce mordillement compulsif a tout l'air de lui faire du bien ; apercevant sur la table mes stylos à bille et leurs capuchons rudoyés, je me dis que nous avons d'ores et déjà une passion commune pour l'oralité. Les endroits les plus dénués de charme de cet appartement agrippent la poésie burlesque, moi aux toilettes trop longtemps à son goût d'être ensemble, Ubac gémit, je lui dis que c'est occupé et je ris du bonheur de ne plus avoir à parler seul. Puis je le retrouve et je le regarde transformer les heures en secondes.

Vers 19 heures, fantaisie de fonctionnaire, il est le moment du repas. Les chiots mangent deux fois, le matin, le soir, c'est mieux pour leur estomac immature. Celui d'Ubac me confirme l'heure, il me suit partout, s'agite et pousse des petits cris d'horloge parlante. Il a vite compris que sa mère puis Mme Château m'avaient transmis le statut de chef nourricier. Dans le livre, ils disent qu'il faut laisser la gamelle cinq minutes à peine, sans distraction autour, et si le chien ne mange pas, tant pis, il passe son tour jusqu'au suivant. Ainsi il comprendra qu'il y a des instants pour manger et d'autres pour autre chose. Quelle enfance sèche a dû vivre ce vétérinaire pour ainsi se venger sur l'existence possiblement heureuse de tous ses lecteurs. D'ailleurs Ubac ne mange pas. Rien. Aucun intérêt. Il me suit encore et se couche sur mes pieds. Comme je le comprends, enfant, à mes arrivées au centre aéré, je jeûnais d'inquiétude pendant deux jours, stratégie assez payante pour les frites du lundi. Nous discutons de cela, des peurs, des doutes et du corps refusant, je m'efforce de ne pas croire à la péritonite ou à une grève dépressive de la faim, je vais jeter un œil au pouf. Je me replonge, sur la table de la cuisine, dans les yeux ouverts de Mme Yourcenar, quel charme ont ses mots, elle le sait beaucoup. Dix minutes plus tard, soudainement mes Gazelle s'allègent d'une chaleur agréable. Ubac gagne sa gamelle, stabilise ses quatre petites pattes, remue sa queue de lézard et termine sa pitance en quelques minutes. Victoire et confirmation que la quiétude et l'illusion d'infini sont plus fécondes que l'empressement. Je dîne après Ubac, ce qu'il faut paraît-il ne jamais faire mais je commence à comprendre la logique de l'ouvrage, il s'agit de commettre à peu près l'inverse de ce qu'il ordonne.

En décembre, la nuit tombe sans sommation et vous empoigne. Avec elle le silence et les rêves démesurés, avec elle les épouvantables solitudes. Milou, Mabrouk et Rintintin ne craignaient pas la nuit, Ubac est de leur trempe épaisse, c'est bien sûr. Il n'empêche, approche, implacable, sa première nuit ailleurs, loin des siens dont je ne suis pas, loin de son abri en bois fragile mais qui lui suffisait pour être en paix. Il a le droit ce soir de se penser seul. Sans doute n'attendait-il rien de la vie mais encore moins cela. Nous passons la soirée affalés sur le tapis, j'ai rejoint son étage pour lui dire ma présence, il s'allonge de tout son petit corps entre mes jambes, sa tête qui soupire sur mon aine comme il le fera à chaque fois que je me mettrai au sol et il s'endort, nos pouls accordés. Par goût de cet entremêlement et des temps calmes, je me livrerai les années suivantes à une vie assis par terre. À son réveil, nous tentons une sortie hygiénique qui ne donne rien sauf l'exploration électrisante des abords de la maison et le déclenchement de toutes ses lumières extérieures.

Vient l'instant de nous coucher et d'entrer dans la nuit profonde, à la mesure de nos peurs mêlées, à la mesure de mes peurs projetées. Je suis tenté de dormir sur le tapis mais c'est idiot, je ne tiendrai pas une vie, autant commencer par la vérité. Page 28 du missel, on nous dit qu'il faut imposer au chiot l'emplacement de son nouveau dortoir, un volume réduit, plutôt sombre, en fermer la porte pour proscrire tout déplacement dans la maison, s'attendre à des pleurs stridents et endurants mais ne pas y céder, tenir face à la détresse. De nuit en nuit, cela ira mieux. *Le saviez-vous*, dit la page 29, *on récolte toujours les fruits de la fermeté.* J'ai donc arraché Ubac à son petit monde ce matin, je l'ai subitement destitué d'un amour familial puis je l'ai déplacé vers des géographies incertaines aux odeurs inconnues. Sans retour possible. Tout le jour, il a renouvelé ses vaillances et ses confiances et je dois maintenant l'enfermer, l'isoler de toute vie, espérer qu'il ne hurle rien et s'il hurle, attendre son épuisement pour bien dormir. S'il pouvait également se réjouir de son sort et demain matin me remercier de cette merveilleuse nuit, il serait des chienchiens le plus aimable et nous trinquerions ensemble au syndrome de Stockholm. À quelle étape de son frêle passage sur terre l'homme a-t-il décidé que la répression sourde serait la seule diplomatie valable auprès des autres vivants ? Que deux ou trois de ses représentants pissent de trouille à l'arrivée tonique d'un molosse ne résoudra rien, renforcera au contraire leurs viles certitudes, tant pis, le temps d'un effroi, ils auront connu les longues secondes de l'impuissance, cru perdre la vie et la peur aura brièvement changé de camp. J'éprouve ce même plaisir coupable à chaque fois qu'un toréador, au nom des traditions, se fait trouer les dorures. Entre mon angélisme rousseauiste et ces réflexes de domination, il doit bien exister une place pour vivre ensemble.

Je préfère pour cette nuit probatoire essayer la liberté. Mes parents et leur éducation aux jeux du grand air m'ont armé pour lutter contre l'idée que son usage égare plus qu'il ne déploie. Je laisse donc le tapis tout neuf au bout de son couloir préféré, un de mes vieux tee-shirts en guise d'amulette. Après nous être beaucoup touchés (voilà une piste de réconciliation avec le livre, qui semble croire aux réconforts du contact), après lui avoir promis des lunes en abondance, je me rends dans ma chambre banalement, simulant l'indifférence, et vais me coucher. Qu'il aille où il veut, qu'il fouille ce que bon lui semble, qu'il éprouve cette idée grisante qu'on peut aller partout, et devant tant de libertés, il se figera. Les premiers longs instants, j'entends ses déplacements exploratoires dont beaucoup passent au pied de mon lit, quelques gémissements et des tentatives de varappe. Il s'installe là de longues minutes. Si un de ces quatre soirs une demoiselle convaincue se joint à moi, j'aurai à expliquer à Ubac la variabilité des démarcations et de la notion même de liberté. Après, j'imagine, s'être assuré que toute sortie de cette chambre passait nécessairement par son couchage, vers minuit, je l'entends regagner ses quartiers.

Dans la nuit, d'un pas de chat, je lui rends visite. Il dort et semble décidé à s'y consacrer tout droit jusqu'au matin. Ça sent ici un peu l'urine mais on s'en moque, il est peu de spectacle plus apaisant qu'un être apaisé.

Deuxième partie

IX

On croirait la Saint-Nicolas, je me lève, tôt, pressé de découvrir ce que la nuit a garni de ma vie, nuits de trépidation qui ne valent pas d'être poursuivies. Je revis ces ambiances de maisonnée où il y avait un chien. Enfant, je rêvais d'en avoir un, je l'exprimais de toutes les façons à mes parents, de la suggestion au chantage, des premiers prix aux colères, mais il n'en était pas question, le chat était préférable à leur goût des petites contraintes. Aujourd'hui, ils savent, seule la vie longue peut soutenir que nos rêves d'enfant n'étaient pas des caprices.

Certaines bêtes passaient. Il arrivait que des collègues de mes parents viennent avec leur chien, je me souviens d'un, Hawaï. Il n'avait droit qu'au garage, je l'y rejoignais et nous croisions follement nos heureuses solitudes. C'était un briard tout frisé, je croyais à ce point au pouvoir des chiens qu'il était évident pour moi que c'était pour cela que son maître s'appelait Mouton. Le soir, ce montagnard noué de muscles, tout bronzé dans ses fringues Think Pink et aviné de Suze repartait avec son chien sans laisse dans son vieux fourgon blanc qui démarrait avec peine, leur vie me semblait parmi les plus belles.

D'autres fois, je touchais du doigt ce bonheur d'avoir un chien, j'allais dormir chez ceux qui en avaient. Le monde se divisait en deux catégories : les familles sans et celles avec. Chez Nounoune, il y avait Tania, chez Parrain, Socrate. Chez tata Marie-Françoise, c'était Shadok ; je me réveillais le plus tôt possible, les cousins dormaient, ça sentait fort le café et le plat cramé de la veille (ma tante l'ignorait mais elle était surnommée El Carbone). La radio parlait doucement de mots à rallonge et de sérieux problèmes ; je grappillais du temps avec les grands et, plus que tout, je retrouvais le chien qui semblait ravi que l'on s'intéressât à lui dès le matin. Assis en tailleur, lui en sphinx, j'engloutissais deux tartines et nous parlions des heures, loin des bavardages sur ce que je voudrais faire plus tard ou le prénom de mon amoureuse. Quand les grands changeaient de pièce, il avait droit à du miel sur du beurre sur du pain sur mes doigts, je lui donnais la mie silencieuse, le priais d'avaler vite et de ne pas s'en lécher les babines. S'il faisait beau, science incertaine dans l'Escaut, nous courions jouer dehors, nous nous inventions des armées d'ennemis et nous vainquions toujours. Nous revenions marron et vert, les grands disaient que ce serait irrattrapable, croûtés des genoux, les cheveux collés de sueur et d'embrassade, les langues pendues, puis nous dormions par terre.

Ces chiens de l'enfance étaient de ma bande des meilleurs copains, et dans mon esprit d'homme mini leur présence signifiait faire comme bon nous semble. Du plus loin que je me souvienne, j'ai commencé d'être auprès des chiens. Shadok m'aimait bien je crois. Il lui arrivait de fuguer de chez ma tante, il venait me rejoindre par les trottoirs et les ruelles, d'Aulnoye à Berlaimont, il y avait trois kilomètres. Un joyeux matin de juillet, je le regardais arriver, il traversa la route impatient, une voiture aveugle le percuta, ça fit un bruit fort de freins et de choc. Il vola en l'air puis sous les roues. Mes parents le ramenèrent dans le garage, il y avait du sang sous lui, il était broyé, il hurlait à ce qu'on appelle la mort et, où que je fusse, il attrapait mon regard. Ma mère m'ordonna d'aller dans la cuisine, je lui en voulais de penser à moi. C'est à ce jour mon souvenir le plus douloureux d'une vie qui s'arrête, nette. Une respiration avant, il y avait le bonheur d'être ensemble.

Ubac est là. Il rayonne et s'agite d'emblée. Un chiot n'est pas « pas du matin ».

Le cœur d'un chien ne monte pas en puissance, il est en haut, gonflé, tout de suite et toujours, il y a l'amour dès le réveil, c'est cette pleine vitalité qui sans doute l'épuise et raccourcit son passage. On pourrait se dire que la gaieté lui est facile, d'inquiétudes et d'exigences il n'en a pas, c'est bien peu considérer la force morale des bêtes. Depuis des semaines, nous vivons ces effusions de joie, d'une intensité immédiate, renouvelée et qui ne décroît pas. Le lot des idylles naissantes, diront les mesureurs. Nos habitudes s'installent : nous nous retrouvons dans le couloir, nous nous saluons à grands frottements, nous sortons prendre l'air, je bois un thé, il mange. Nous avons nos repères et nos rites. J'ai ouvert grand ma vie à Ubac pour qu'elle varie et me voilà réjoui que nos matins se suivent et se ressemblent. Le soir, il mange à nouveau, et en deux temps, comme tout chien qui se respecte : goulûment, tête au fond, sans mâcher ni respirer – il pourrait s'agir de caviar ou de cailloux – puis le plus consciencieusement possible, du bout de la langue raffinée et mastiquées jusqu'au sable pour les trois dernières croquettes comme regrettant de s'être livré si avidement à l'entame de son fricot.

Ubac a grandi. De poussées baroques en rattrapages élégants, il suit sa courbe de poids avec sérieux, chaque jour il diffère de la veille. Nous avons déjà doublé sa ration, mis deux colliers au rebut et ses dents de lait pointues ont fini leur courte vie dans l'un ou l'autre de mes pulls. Son cuir s'est tanné, son duvet bouloché est depuis peu une pelisse soyeuse sauf aux abords du train arrière qui fait valoir son droit à rester juvénile. Son œil gris de têtard est devenu une bille mate, ronde et fauve. Sa lice s'est encore réduite, il a le front presque entièrement noir et le regard clair des êtres attentifs, tout de son corps va du cœur aux yeux. Tout de lui me semble délicat, il met dans chacun de ses gestes beaucoup d'une élégance nonchalante. C'est une grosse bête, sa tête est colossale, j'aime y poser la mienne, en deux coups de crocs, il me défigurerait.

Ubac s'appelle toujours Ubac, aussi Loulou, Babac, Bouboule et autres petits noms enveloppants, tôt ou tard, les gros chiens finissent par être affublés des patronymes élevés de la rotondité. Quand je l'appelle Ubac, ce n'est pas toujours bon signe, je dois prendre garde à ce que son vrai nom ne soit pas réservé aux rabrouements.

Je le photographie sous toutes les coutures. Je me demande souvent à quoi bon, jamais l'à-plat d'une photo n'égalera les envolées du réel, mais quoi d'autre que ces bouts de papier satiné pour un jour en attiser le souvenir. Et j'écris sur lui. Un peu tous les jours puis aux grandes rencontres. Juste ce qu'il faut. Ne pas le faire, ce ne serait que vivre. Et trop de lignes, oublier de s'y consacrer.

Depuis son arrivée, nous fêtons son anniversaire tous les 4 du mois. Avoir un chien resserre le temps et en bouleverse les pulsations. C'est à la fois plaisant en ce que l'on ne néglige rien mais terrorisant car c'est bien l'inextensibilité de tout cela qui vous intime d'en éprouver chaque minute.

Aujourd'hui, nous sommes le 4 juin, il a huit mois, je n'ai pas manqué de lui souhaiter. Puisqu'il se dit que le chien vieillit sept fois plus vite et que je célèbre douze fois trop souvent son anniversaire, je n'ai qu'à moitié faux.

Ubac s'émerveille de tout, d'une chenille, du vent dans les arbres, de ce qu'on ne voit plus. Il ne laisse rien passer de ce qui pourrait lui animer la vie. Sa faculté à s'émerveiller est un antidote au désenchantement, elle n'exige aucun strass, c'est assez vital en somme, tous les grognons devraient passer une heure avec un chien. Il joue du matin au soir, avec tout et n'importe quoi, un lézard, un bouchon, un être imaginaire. Quelles histoires se raconte-t-il ? Il est le plus grand partisan du ludisme que je connaisse. Dans les ambiances les plus sinistres, il trouve toujours matière à s'égayer, je l'ai déjà vu inquiet, jamais morose. Dans les milieux les plus guindés, il se roule, fonce et franchit, un chien s'en fiche des étiquettes et aura toujours mieux à faire que semblant, ces digressions sont jouissives et entraînantes. Je m'essaie du mieux possible à sa liberté, c'est très bon pour le cœur d'avoir autour de soi un être si ouvert au n'importe quoi que vous ne l'étonnerez jamais à vous y risquer. D'ailleurs, je n'ai toujours pas compris cette sentence classique des couples aux enfants jolis et à la pelouse bien tondue : « Ne manque plus qu'un chien », récitent-ils comme si sa présence était l'ultime accessoire d'une vie ordonnée. Car en vérité, c'est bien l'inverse, sa venue dérange tout. Ça ne semble pas se tasser, le livre parle de néoténie pour cette enfance élastique ; son auteur va mieux, il ne paraît pas s'inquiéter que l'on puisse dédier l'infini de sa vie au jeu et à l'indiscipline. J'éprouve toujours un peu de méfiance vis-à-vis des récits chantant la jeunesse éternelle et cette injonction à y revenir sans cesse. L'âge et son compère l'expérience ne charrient pas que leurs régressions. On glane çà et là de l'acuité, du libre arbitre et d'autres vigilances ne rabougrissant pas la vie et qui nous font être un peu plus nous-mêmes sans nécessairement taire l'insoumission. Mais, observant Ubac, je note comme, de l'enfance, il faut préserver la moelle : les enthousiasmes naïfs, la persévérance du jeu et l'illusion, non négociable, que cela durera toujours.

Nous nous promenons. Beaucoup. Parfois des journées entières. Nous marchons, nous nous arrêtons, nous nous allongeons dans l'herbe, trempons nos pieds dans la rivière, nous pique-niquons, nous flânons, ces ouvrages d'après-guerre. C'est aussi cela marcher avec un chien, c'est s'éloigner, se rendre aux scènes immuables, les cascades, les forêts et les mares et ne pas vraiment savoir si l'on se situe en 1950, au Moyen Âge ou, croyons en la survivance des éléments, en 3018. Nous n'allons pas vraiment quelque part, nous ne fuyons rien.

La compagnie d'un chien ne rend rien excessif, ni le temps ni l'espace. Ce n'est même pas histoire de le passer le temps, c'est d'en être.

Dans ces balades, Ubac fait connaissance avec les autres vivants mais c'est comme s'ils s'étaient déjà vus. Seule leur vitesse peut le surprendre : Ubac lève un lézard, un mulot ou tout autre habitant du sol, il redresse la tête pour s'assurer que je l'ai vu moi aussi et que nous partagions cet émerveillement ; lorsqu'il revient du regard à sa trouvaille, il ne comprend pas qu'elle ne soit plus à l'exact endroit de leur première rencontre et se retourne vers moi pour comprendre. Je ris de sa candeur mais j'envie sa conviction, celle d'estimer que chacun de nos éblouissements mérite que le monde se fige afin que nous en disposions. Le mulot, déjà cinq mètres à gauche, ne semble pas souscrire à ce projet des suspensions, idée que jamais Ubac n'abandonnera et qui explique sans doute en partie son amour des gastéropodes.

Je l'emmène partout. Dans la nature, dans les bistrots. Certaines fois, c'est évident, d'autres, c'est exagéré. Lorsqu'un site est interdit à nos amis les chiens, j'en conclus qu'il ne mérite pas notre venue et lui trouve tous les désintérêts du monde. Un serveur apportant un bol d'eau pour Ubac, et tout de son établissement vaut le coup. À mon chien, je propose mes jours entiers, j'aimerais que rien ne l'affole, ni le poissonnier du marché qui parle fort ni le silence sans fin de la lecture. J'ai toujours admiré cette scène : un type entrant dans un magasin, son chien l'attendant sagement dehors et les voir ensemble repartir comme si de rien n'était. Je m'y emploie. Je commande ma baguette un peu de dos et je crie à mon boulanger que je reviens tout de suite. Dans les commerces alimentaires, récompense de sortie, nous progressons, dans les librairies, c'est moins le cas. Je l'emmène jusque dans mes cours, les élèves l'appellent Tupac, c'est le roi. Le jour où l'inspecteur et sa cravate viendront, il me faudra dire à mes lycées pro de ne pas le réclamer. Nous expérimentons beaucoup le désordre, le danger aussi, sans ces choses-là, pourrait-on seulement parler d'amour ? J'aime l'idée que nous soyons toujours ensemble, nous accumulons des petites histoires, Ubac donne de l'espace à ma vie, j'ai déjà des souvenirs, des lieux associés à lui, des successions d'instants, courts, immenses, dont j'ignore encore ce qu'il restera. L'avenir paraît radieux, je pourrais me lover dans ce doux sentiment que s'annoncent les meilleures années mais je suis bien trop occupé aux joies contemporaines.

Pour que nous apprenions la séparation, il m'arrive de laisser Ubac à des amis. À chaque retrouvaille, je fais semblant de ne pas m'être inquiété qu'il lui soit arrivé quelque chose et qu'il aime un autre autant que moi.

Ma vie d'en ce moment est très belle, d'ailleurs rien n'exige qu'elle ne le soit pas. Les bonnes nouvelles jaillissent les unes après les autres comme si d'être heureux ramassait les bonheurs qui traînent. Ou est-ce le signe, plus amphibie, du déclin des prétentions, je n'en sais rien et je m'en fiche, la joie meurt d'être auscultée ; c'est ainsi et c'est exquis.

Depuis plusieurs mois, j'expérimente comme la compagnie d'un chien essore la vie sociale. Une vie alourdie dans sa logistique car à mon emploi du temps, il faut agréger le sien, ses seuils hygiéniques et son dégoût profond de la solitude ; mais une vie allégée car il y a, bienvenus, ces instants refuges où par les chemins en forêt, les bords de rivière, nous trouvons mille excuses à sortir du monde.

Une vie brouillée dans ses interactions sociales, réclamant de moi l'observation, l'adaptation et l'étiquetage : qui de mon entourage est ravi qu'un chien se mêle à nos affinités, qui juge sa compagnie déplacée ou répulsive et qui, pire de toutes les revues, n'en fait pas cas ; mais une vie éclaircie car sa seule présence fait à merveille le tri des encombrants, ces graviers dans la chaussure que, seul, on se figure menhirs. Alors, oui, je dis non à des plaisirs hier nécessaires mais je ne les abandonne pas, je les mets comme en jachère. Si je me méfie des passions exclusives et qui brûlent tout, je me laisse aller là au luxe de préférer.

Avec Ubac, nous croisons beaucoup d'autres chiens équipés de leurs maîtres. Je me demande à chaque fois comment ils s'aiment, s'ils se parlent et s'ils sont convaincus, eux aussi, que leur histoire est par nulle autre égalée.

Il y a là des mamies à pépettes dont l'adoration débordant de rose confine au ridicule et abîme la définition même de l'amour. Lorsqu'elles aperçoivent Ubac, elles hissent leur petite chose à perles et redingote et tout le monde crie. Il y a des néonazis en bombers pour dissimuler des muscles qu'ils n'ont pas et dont ils affublent leur chien, imaginant que l'on puisse croire à leur force semblable. Il y a les chasseurs soumettant les leurs dans deux mètres carrés de grillage pour les sortir les jours de mort. Il y a ceux dressant sur une chaise leur chien à bandana et causant quelque tort à confondre intensité et démonstration de sentiments. Il y a ceux vénérant les bêtes en modèles d'humanité, les estimant supérieures à l'homme en tout point, depuis et pour toujours, oubliant que cette célébration mécanique corrode plus qu'elle ne défend, aucune place n'est tout en haut ni tout en bas. Ai-je le droit d'affirmer que j'aime mieux mon chien ? Il me semble voir trop de ces bêtes miroirs sommées par leur maître d'adhérer à leur définition d'un monde parfait et d'élire celui-ci comme son plus digne souverain. L'individu tenant ces mots est celui qui chaque possible jour emmène en montagne son chien au doux nom de versant et aime plus que tout qu'on s'époustoufle de le voir lui et son insolite compagnon dans d'improbables

verticalités, bannissant la laisse et adorant la corde.
Un jour d'amende honorable, je l'ai dit à Ubac :
— En fait, on vous adopte pour que vous nous brossiez dans le sens du poil !
J'étais assez satisfait de mon mot. Ubac leva la patte et ce fut tout, un chien jamais ne s'encombre du dernier mot mais vous cloue aisément le bec.
Heureusement, il y a les autres, les plus nombreux. Ils aiment leur chien pour ce qu'il est, un être vivant si proche et si détaché d'eux-mêmes et dont ils n'attendent aucune autre flatterie que la célébration sans mise en scène d'être ensemble.
Il y a enfin ces êtres assis par terre, à la marge d'une vie qui les cogne. Sous le duvet puant et partagé, ils demandent la pièce pour saouler l'ennui et nourrir un malinois, dernière attache à l'humanité et qui veille sur eux comme les vulnérables qu'ils sont. Ils n'ont rien en commun avec la bourgeoise à bichon – sans doute la dégoûtent-ils –, sauf l'amour des chiens, improbable affinité qui dépasse et relie tous les incompatibles de cette terre.

X

Depuis des semaines, beaucoup de ma vie est dédié à l'éducation d'Ubac.

Je ne sais pas si *éducation* est le bon terme, disons l'ambition de nous doter des attributs d'une vie légère, ce minimum d'ordre sans lequel la pagaille a peu d'espoir. Mes prétentions sont réduites : qu'il soit propre, qu'il revienne à peu près quand je l'appelle et qu'il ne saute pas sur les humains, car cette éruption de tendresse échoit systématiquement à celles et ceux ayant peur, qui s'agitent, hurlent, et cela vous fait des gens qui adoreront plus encore détester les chiens. Le tout sans trop de commandement, qu'il sache plus qu'il n'obéisse, voilà l'idée candide que je me fais de notre lien.

De plus en plus, cela réussit. Nous nous améliorons. J'ai dans tout ce qui le concerne une patience sans limites et lui semble vouloir me faciliter l'existence. Il est parfois brillant, c'eût été l'année du P, je l'aurais rebaptisé Polish. Chaque progrès est fêté dignement, les autres disent qu'Ubac est un chien facile, je préfère intelligent. Il arrive que nous nous promenions sur les rives du lac du Bourget sans déclencher de bagarre générale ni de nouvel arrêté municipal. C'est une prouesse car vivent ici beaucoup de retraités dont le port de loupes fait du moindre tracas une sorte de cataclysme, indifférents à l'essentiel mais qu'aigrissent les pacotilles ; je n'ai jamais compris qu'à cet âge où l'on a nécessairement croisé les grandes douleurs, pour le moins leurs craintes, on ne traitât pas tout menu froissement par un je-m'en-foutisme exemplaire quitte à le nommer sagesse. D'autres fois, de préférence lorsque je suis pressé, c'est un désastre, rien ne va, entre mes appels et ses réalisations tout s'écarte au point que je me demande si la fréquence de ma voix est bien adaptée à la physiologie de son oreille.

Une de mes rares certitudes est que l'adolescence n'est pas propre à l'homme. Je lui ai déjà couru après pour lui signifier mon mécontentement, il a adoré ce manège. J'ai tiré fort sur des objets qu'il ne voulait pas me rendre, il s'est pris au jeu des forces basques. Je me suis caché derrière des buissons, imitant des pleurs, espérant qu'il s'inquiéterait de mon absence, sans voir que d'autres dont des dames m'examinaient consciencieusement. Je l'ai félicité nuitamment, en slip et dans la neige pour deux crottes annoncées, retenues et libérées au grand air, sautant, criant de joie, le congratulant de chaudes caresses comme il faut le faire avec chacun de ses succès, déclenchant tous les détecteurs de la villa pour offrir à mes voisins méfiants un son et lumière du plus bel effet. Pour en ramasser deux autres, je me suis caché le matin de crainte qu'il s'imagine que ce jeu de Pâques m'enchante. J'ai fait toutes les erreurs nécessaires, je me suis beaucoup baissé et nous grandissons.

J'apprends autant que lui. J'essaie d'être juste, constant et proportionné, langage de force de l'ordre. Je crois davantage aux félicitations qu'aux sanctions, ma vie de prof me démontre les vertus des unes, la nécessité mais les limites des autres. C'est d'autant plus vrai chez le chien, sanctionner l'indésirable ne fera pas surgir par magie le désiré, les âmes rêveuses déduisent mal. Si je tâtonne, je ne tape ni ne congédie. L'on dit que la punition la plus lourde pour un chien est d'être chassé. Va-t'en ! Jamais je ne dirai cela à mon chien, et s'il obéissait ?

Quand je mets Ubac dehors, si je reste dedans, il s'assoit immédiatement à sa sortie et reste planté là, un jardin d'un demi-mètre carré suffirait. Il s'immobilise, assis contre le mur, fier et droit, bravant tous les pelotons du monde. Adossé à s'y confondre, il pousse vers l'arrière de tout son dos jusqu'à l'occiput. Par ce frottement conviant ses génies, je crois qu'il s'imagine qu'une trappe invisible pourrait s'ouvrir au beau milieu des briques. Le plus fou est que ça marche, une porte surgit de manière assez fidèle et sa clenche ressemble à s'y méprendre à ma fermeté toute relative. Alors il peut de nouveau s'adonner à sa discipline favorite et dont je ne me plains guère, celle de réduire entre nous du plus possible l'éloignement.

Souvent je me demande comment ferait Thémis, sa mère, au sein d'une fratrie de douze apprenants, comment les choses se règlent au naturel. Je crois qu'elle tancerait fort, tout de suite, qu'elle ne se perdrait pas en avertissements graduels et permis probatoires. J'en perçois l'efficacité quand je crie fort parce que j'ai eu peur, par exemple à mi-chemin d'une rue qu'Ubac a traversée comme si l'automobile n'avait pas encore été inventée, alors il s'arrête net, saisi qu'on ne jouât plus, figé par mon effroi. Quand va-t-il comprendre qu'il est mortel ?

J'ai appris des enfants aussi. À plusieurs reprises, j'ai été sidéré par l'obéissance d'Ubac à leur petite voix. Raisonnant comme un homme, j'ai pensé qu'il voulait tout bonnement leur faire plaisir car un chien, dit le livre, sait très bien à quel rang il a affaire. En fait non, il obéit parce que dans la demande de l'enfant, il n'y a aucune faille. Les enfants croient en leur toute-puissance, ils sont protégés du doute ; quand ils disent à Ubac de s'asseoir, l'éventualité qu'il ne le fasse pas ne flotte pas dans l'air. Ubac s'assoit. J'applique désormais leur dogme : il faut croire. À ce que l'on dit, à ce que l'on fait, aux vœux que l'on formule. En somme à ce que l'on est.

Un samedi matin, par curiosité plus que par conversion au concept, je suis allé observer un cours d'éducation canine de l'autre côté du tunnel du Chat. Il y avait foule, des tas de chiens différents, des gens de tout rang aussi, du treillis et du mocassin. Les chiens m'avaient l'air heureux d'être cornaqués, certains militaires le sont aussi. Des « pas bouger » fusaient en écho, il me semblait entendre l'exact opposé à ce pour quoi un chien entre dans nos vies. Un instructeur qui sentait fort la testostérone s'est approché de moi et m'a fait l'article de l'école. Bien sûr, Ubac lui donnait toutes les raisons d'estimer que son cas méritait un cursus prolongé. Il n'avait que l'anarchie à la bouche : l'essentielle anarchie sans laquelle toute relation homme-chien n'est pas viable, l'anarchie comme ça l'est dans la nature, l'anarchie qui n'est plus à la mode dans notre monde actuel si vous voyez ce que je veux dire… Je trouvais cela joliment décalé, inattendu et séduisant, un nouveau courant sans doute, mi-martial, mi-débridé. Je devais lui donner l'impression de ne rien comprendre alors il s'employa à me le dire autrement : une histoire d'ordre entre moi le dominant et Ubac le dominé, une histoire d'état-major, de crainte et de coups de pied au cul. J'ai petit à petit compris que c'est à la *hiérarchie* qu'il vouait une adoration pédagogique. Faux amis, je l'ai salué poliment.

Je dois régulièrement me souvenir qu'Ubac ne parle pas français ; lui dire d'une voix doucereuse que je suis modérément satisfait qu'il ait arraché la tapisserie de l'entrée est d'une efficacité moyenne, il me paraît plus sensible à la forme qu'au fond. Je crois qu'Ubac sait aujourd'hui qu'il s'appelle Ubac, son fort est de l'oublier à bon escient. Il sait que revenir à moi n'est pas nécessairement moins intéressant que ce qu'il avait prévu d'explorer du pays ou que s'asseoir promptement est une posture qui peut lui rapporter un trésor dont des sortes de cacahuètes. J'ai commencé avec des grains de raisin, j'estimais que c'était préférable pour ce chien au corps d'athlète, jusqu'à ce que son vétérinaire me dise qu'il n'y avait pas plus toxique pour ses reins et qu'il aurait pu en mourir. « On croit bien faire », m'a-t-il dit. Précisément. Pour ce qui est des salutations postérieures, j'ai commencé par lui suggérer que cette attitude était interdite pour toutes et tous et en toute occasion, mais le voyant désormais plus précis, je l'encourage à renifler le séant de ceux l'estimant hautement valable et en tout point supérieur au fondement des autres. À ce jour, c'est un échec.

Quand je me mets à table, Ubac s'assoit à côté, très près et me fixe indéfiniment, seuls quelques bruits de glotte me font dire qu'il ne s'est pas fossilisé. J'aimerais croire qu'il s'agit là d'adoration mais si je m'assois à la même place pour lire, écrire ou à une heure sans fumet, son amour décroît admirablement jusqu'à la nullité. Lorsqu'il lorgne mon assiette, j'ai le choix entre trois méthodes pour contrer cette fixité. La première est de lui donner immédiatement un bout de quelque chose, ainsi l'affaire sera conclue et j'en resterai un peu l'ordonnateur ; ça fonctionne mal, l'affreux remet dans l'instant ses compteurs à zéro. La deuxième est d'attendre la fin du repas, il comprendra que tout préalable est inutile ; c'est à peine mieux, il attend à juste titre et cela développe avec force efficacité ses qualités d'endurance immobile et de bave élastique. Enfin, il pourrait s'agir de ne rien lui céder mais l'homme que je suis, biberonné à Pierre Mauroy et aux richesses partagées, aussi indigestes soient-elles, ne s'en remettrait pas. Alors je dîne, tu dînes, nous dînons.

Voilà à peu près ce que nous vivons depuis des mois aux heureux tâtonnements. Deux espèces distinctes qui se rapprochent, qui s'apprennent et qui s'attachent avec intensité, ce que les biologistes appellent fort à propos la vitalité.

Ubac est un bon chien, la bonté en personne.
J'aimerais y être pour quelque chose mais c'est moins moi que son âme. Toute tension même la plus furtive l'embarrasse, il voudrait une joie sereine partout, il s'emploie à protéger le monde entier en commençant par les faibles, qu'il repère à cent lieues et vers qui son attention immédiatement s'agrège. J'ai beau lui dire que les éponges à souffrances sèchent plus vite que les autres, il s'en fiche. Les mêmes disant qu'il est facile disent de lui que

c'est une bonne pâte. Chez le chien comme pour l'homme, je hais cette appréciation, elle dit la candeur benoîte, or elle est la force suprême. La gentillesse, raillée de toutes parts, réclame beaucoup plus d'épaisseur que l'éréthisme maussade. J'ignore d'où il tient cela… Thémis, un bon sort des cieux ou des valeurs depuis nous deux, mais l'humanité d'Ubac n'est pas une fadeur, elle est délibérée et résolue. C'est une décision. Lorsqu'il entre dans une pièce, il ressent sans délai si l'humeur est à l'accord ou au malaise, je crois d'ailleurs qu'il la mesure, quelque chose dans l'air lui énonce, et par je ne sais quel tour de passe-passe il en régule la teneur pour en faire une plénitude, sa seule présence est un bienfait, il avale toutes les biles et par d'invisibles fanons les filtre en allégresse, j'espère qu'aucune saleté ne reste en lui ; ceux ne comprenant rien au chien, surpris d'aller bien, doivent se demander ce qui subitement se dénoue dans leur vie. Si, plus qu'une tension, c'est une dispute qui rôde, tel le spondophore grec, il circule de place en place et proclame, sans possible négociation, la trêve sacrée. Le plus souvent, les parties s'exécutent, tout s'apaise et redescend ; Alain le lointain tonton et facétieux radiologue dit d'Ubac qu'il est le bêtabloquant de la famille, j'ignore s'il fait allusion à la tension s'abaissant ou à la mise à l'arrêt des idiots belliqueux mais je crois deviner. Souvent, des gens me remercient pour Ubac, comme si j'y étais pour quelque chose.

Il lui arrive toutefois de surévaluer la détresse. Un matin des fêtes de Noël, chez mes parents à Boulieu-lès-Annonay, je me lève, tôt, tradition familiale. Ubac n'est pas là. Je demande à Jean-Pierre, l'homme qui m'a élevé et que je nomme mon père, il ne l'a pas plus vu. C'est toujours ainsi que naissent les malheurs, le nombre libère les négligences, on croit toujours qu'un autre s'en charge. Je le cherche partout, l'appelle. Le garage, la maison, le jardin, le voisinage, le quartier, ces cercles concentriques de l'inquiétude. Je vais vers le village, les pires issues en tête, je crie son nom, beaucoup et fort, l'image de Shadok collé à la tête. Au détour d'une rue, je retrouve ma maman qui revient du pain, elle a ce sourire appuyé simulant la sérénité mais dont on sait qu'il dit la fin des trouilles. Elle marche le dos courbé, une petite laisse confectionnée dans un ruban de pâtisserie pour encercler le cou d'un chien sans collier et assez satisfait d'animer son monde. Au beau milieu du village, elle ressentit une présence à ses pieds, elle se retourna, surprise puis stupéfaite, Ubac était là. Il l'avait suivie sans qu'elle s'en rende compte. Il avait dû la voir quitter la maison et sur son échelle des périls elle représentait une bête égarée, seule, femelle, âgée et vulnérable. Il avait traversé une nationale aux bords de laquelle sont déposés chaque année des bouquets de roses, deux rues passantes et d'autres zones à découvert. Seul. De peur rétroactive, j'ai failli l'engueuler mais je ne l'ai pas fait, je le sais inapte à relier deux actes distants. Je lui ai simplement précisé que, s'il me plaisait que notre vie commune soit dédiée au chahut, je le suppliais, s'il te plaît, de se discipliner à ne pas mourir. Ce jour-là, j'ai cru le perdre et, s'il le fallait, j'ai saisi qu'une vie sans lui ne s'envisageait pas.

Je n'en ai pas immédiatement parlé à ma mère car la comparaison était hasardeuse, mais cet épisode de sauvetage du monde, à l'intention louable et aux effets désastreux, m'a rappelé une affaire vécue quelques semaines auparavant, au cours de laquelle Tex Avery sembla un instant s'emparer de ma vie. Nous marchions en bord de route avec Ubac et il aperçut un escargot. Celui-ci était en passe de finir la traversée de la départementale, chose pour laquelle il était parti, à la louche, la veille au matin. Il s'agissait donc d'un miraculé. Ubac, conscient du danger pour ce petit-gris d'évoluer sur l'asphalte, l'attrapa par la bouche et sans en fendiller une parcelle de coquille le ramena en sécurité de l'autre côté de la route. Deux jours aller, cinq secondes retour. Une fois redéposé avec délicatesse au sol, l'escargot, resté recroquevillé pendant tout le transport, sortit de son habitacle, quasiment vite, les tentacules furieux, et je crois, de l'autre côté, avoir ressenti sa colère de devoir s'engager à nouveau pour une transatlantique. Il nous faudrait prévenir sa famille qu'il aurait un peu de retard. Ubac, lui, était assez ravi de ce rapatriement sanitaire, je lui dis que c'était bien car l'idée d'aider était manifeste mais je doute qu'il jouisse désormais d'une grosse cote auprès de la communauté des gastéropodes. Lorsque mon chien fut bien devant, je retournai auprès de l'escargot et le ramenai à sa ligne d'arrivée, aucun de ses compagnons ne croira au voyage du jour. Je ne sais toujours pas comment raconter cette histoire à ma maman sans qu'elle ne se vexe. Attendre sans doute. Ou lui dire que c'est surtout la route qui m'a fait y penser.

Le soir de cette échappée, nous réveillonnons en famille. Ubac en est naturellement. Il a son os empaqueté par mes parents dans un papier cadeau au pied du sapin. C'est ridicule, c'est essentiel. Il le renifle consciencieusement, se demandant sans doute à quoi bon dissimuler les offrandes. Les filles de mon frère ont grandi, Ubac est le seul à ne pas savoir d'où tombent les cadeaux. Je ne sais pourquoi, la discussion aborde la mort de Lady Di. Ma relative indifférence à cet événement de surcroît daté, associé aux vapeurs d'un excellent Clérambault, réveille ma belle-sœur très sensible à la destinée des princesses.

– Tu t'en fiches, toi, de Lady Di, la mère de deux enfants ?!
– Je t'avoue que ça ne m'a pas bouleversé…
– On se demande ce qui peut bien te bouleverser, toi !
– Que mon chien meure.

– Plus que Lady Di ?
– Tu sais, je ne sais pas ce que vaut ce classement mais il y a peu d'êtres humains dont la mort me ferait plus de peine que celle d'Ubac ou que m'a causé celle d'Ïko.
– C'est dingue...
– Ne m'oblige pas s'il te plaît à t'en faire la liste.
– Eh bien moi, je préfère les gens !
– Mais aimer les deux est possible. L'amour est à ce point généreux qu'il consent à être partagé, n'est-ce pas ce qu'on enseigne dans tes églises ?
– C'est ridicule.

Ma maman se liquéfie, Jean-Pierre hoquette, mon frère juge que c'est le moment idéal pour couper un peu de pain et Ubac, moins sensible à l'Écéchiria qu'à son habitude, déglutit avec écho à l'arrivée de la sauce grand veneur. Tout est en place pour bénir la ville et le monde.

– Mais au fait, qui es-tu pour classer les amours ? En quoi le mien avec Ubac serait méprisable et celui entre Sartre et Beauvoir d'une noblesse absolue ?
– La réciprocité peut-être !
– De l'aimer me suffit. Car, vois-tu, je ne saurai jamais s'il m'aime, jamais. Et aimer sans certitude de l'être en retour... je me demande si l'on ne tient pas ici la définition de l'amour véritable.

C'est dommage, Noël avait bien commencé, j'étais venu accompagné comme on me le réclame depuis le siècle dernier.

XI

Avec Ubac, nous nous sommes fait virer.
Mes propriétaires n'en avaient pas le droit mais il n'est plus là question de loi, c'est supérieur, c'est d'élégance qu'il s'agit. Ils me l'ont signifié avec des mots précieux et ce ton gourmé songeant que cela suffise pour s'en réclamer.
Nous sommes allés de gîte en gîte, avons dormi dans le fourgon, beaucoup, un matelas douillet pour deux, puis un jour d'errance et de fortune, nous avons touché la terre promise du Revoiret, hameau caché au bord du Rhône, proche de Belley. Ici, tout est noir ou gris, et assoupi, on vit dans un lavis encre de Chine. Le four à pain, bâti au milieu des six maisons, garde la suie d'un temps passé à vivre ensemble. Jacqueline et André, la voix adoucie d'une existence rugueuse, louent un petit bout de maison jouxtant la leur, moins pour épaissir leur retraite que pour raviver les lieux. Si l'hiver ici traverse les fenêtres, la rusticité est

apaisante, il n'y a rien d'inutile et d'accumulation que celle des livres. André me laisse l'accès à sa bibliothèque, elle en fourmille de milliers comme ses histoires qu'il aime à me conter autour d'un café ou d'un Ardbeg dix ans d'âge quand Jacqueline vaque au village. André sait vêler une vache, tailler les pannes de son toit et récite Baudelaire, les journées d'avant étaient-elles plus longues ? Certains soirs, j'entends frapper au volet, et au pas de la porte se trouvent une soupe fumante venue seule et une tranche de pain de seigle, quand il y en a pour deux... Les bâtiments mitoyens sont clos d'un immense parc commun et partagé comme l'amour des bêtes. Il y a là Tchoumi, leur labrador noir de jais, une fière femelle sans âge qui veille à ce que la vie de ses maîtres s'anime encore. Elle est bien nourrie et ne s'active pas tant que ça, une silhouette de saucisse apéro et quatre cure-dents en guise de pattes, voilà à peu près le portrait-robot de cette aimable chienne. André entretient une relation particulière avec les bêtes, il les aime, elles se le disent entre elles et le lui rendent bien. Si un chat a le choix entre dix paires de genoux, il échouera sur ceux d'André et une coccinelle sur son épaule.

Le Revoiret me plaît en ce qu'il est juste en lisière du monde, on en part, on y revient, rien n'est vraiment comme ailleurs ; André qui aime les mots vieux dit qu'en ces lieux montueux, mieux vaut ne pas craindre le vernaculaire. Ni les volets clos. Ici règne une gentillesse polie, cette humeur d'autrefois. Ici tout prend son temps jusqu'à l'interrompre. Ce lieu nous attendait et s'il est trop souvent recouvert d'un épais brouillard, il nous va mieux que les rutilants bords du lac. Pour la colline derrière la maison et où ils vont chaque fin d'après-midi puis demi-tour, Jacqueline dit la *montagne* et c'est vrai que c'en est une.

Louisette est l'autre habitante du hameau. Elle vit en face, dans ces vieilles maisons aux petites fenêtres, toujours éclairées, seule. C'est une dame aux années de son prénom. Malgré son goût des sauces au beurre et du baba au rhum, elle est toute mince, il semble arriver un âge où le corps fait définitivement le choix d'un tempérament. Je l'aime bien Louisette aussi, de sa voix chevrotante, elle parle joliment de la vie et qu'il faut s'en accommoder. Elle se plaint de tout ce qui avec l'âge devient pénible, la DMLA, les pastilles Vichy doublées de prix, les neveux indifférents, la mort des saisons et de la grammaire, et de conclure qu'on n'a pas à se plaindre. Dès qu'elle m'aperçoit, elle prétexte la moindre chose, trois bûches à rentrer, une ampoule à visser, et me prie de passer ; deux Saint-Louis opaques sont à demeure sur la table, de sa main tremblotante le manicle coule à flots, il y en a plein la cave me dit-elle, autant lui faire honneur de son vivant. À cet âge, il semblerait que la prévention ne soit plus un sujet. Ubac, lui, ne l'aime pas trop, il jappe sans cesse et ne se laissera jamais caresser, sans doute a-t-il la clef de mystères à mes yeux insaisissables.

Le matin, quand je pars au travail, je le laisse dans le parc, toute la détresse s'abat sur ses deux yeux qu'il creuse admirablement. Les fois où j'oublie quelque chose et reviens au gîte, cinq minutes à peine ont passé et Ubac n'évolue déjà plus dehors. Il s'est dressé sur l'appui de fenêtre de la cuisine des Carrel, faisant tout pour qu'André l'aperçoive, s'empresse de lui ouvrir, et ensemble de poursuivre le petit déjeuner. Des bouts de biscotte glissent malencontreusement de la table en noyer et échouent dans une gueule puis l'autre. Jacqueline évoque le diabète de Tchoumi, rouspète, et André fait mine d'admettre. Cette scène chaleureuse se répète chaque matin et je remercie la Providence. La journée, Tchoumi apprend à Ubac toutes les astuces pour ouvrir les portes, exprimer clairement ses requêtes et obtenir satisfaction. Elle est la présence féminine qui lui manquait et qui l'enhardit, juste ce qu'il faut de maternel et de roublardise. En échange, Ubac joue les mâles et croit terrifier chaque passant ayant le toupet de s'approcher du parc. Dans tout lieu où il passera, deux heures ou deux ans, il s'en prétendra le bailleur ; la domestication du chien ne semble pas avoir étouffé son instinct de propriété ou peut-être lui avons-nous transmis le nôtre, car si l'on pisse moins, on clôt beaucoup. J'ai beau lui citer Rousseau, persuadé que tous nos malheurs viennent du premier qui, ayant enclos un terrain, s'avisa de dire « Ceci est à moi », il s'en moque et repart à la garde de son territoire. Lorsque le passant culotté est un ami d'André qui lui ouvre le portillon, Ubac l'accueille en camarade si ravi de le voir. En fin d'après-midi, quand je reviens du collège, je rejoins Jacqueline et André de retour de leur montagne, se tenant par la main, un chien de chaque côté de cette tendresse.

Le soir, Ubac est sagement auprès de moi, mes mains pétrissant son poil, jusqu'à ce qu'il entende la porte. Il me quitte alors sans ménagement, c'est admirable cette faculté des chiens à prendre tout leur soûl de caresses et s'en retirer sans merci ni courbettes ni même un regard, sans doute savent-ils que ce geste repaît à mesure égale celui qui le donne. Ou que notre obsession de l'acquittement est ridicule. Ce bruit de porte donc, c'est André et le signal d'aller fermer aux poules, en haut du village, dit-il ; pour cette bravoure vespérale, Ubac est récompensé d'une large croûte de gruyère de la Dent du Chat, qu'il s'empresse d'avaler avant de me retrouver, inquiet de l'éventualité du partage.

Chaque mercredi, le petit camion beige du boucher fromager maraîcher en provenance du siècle d'avant fend l'aube froide, klaxonne trois fois et stationne au milieu du hameau, une porte s'ouvre et ses deux premiers clients accourent de leurs huit pattes pressées, les gras de jambon tombent et sont vite dissimulés. Ce seront de belles années, équitables en tout, ne déparant en rien, il est toujours trop tôt pour le savoir.

Lorsque nous vivions au Bourget-du-Lac, le vétérinaire d'Ubac exerçait à Belley. On m'avait conseillé le docteur Domenech. À la première consultation, il demanda à Ubac : « Alors mon bonhomme, que penses-tu de la vie ? », parfaite entrée en matière. Il y a chez cet homme une tendresse élaborée, une sagesse que quelques démêlés avec le bonheur ont bâties pas à pas. Il nous annonça qu'à regret il ne pourrait suivre Ubac car il partait pour le projet de toute une vie : un tour du monde en bateau. Un vertige, nous disait-il. Ça m'allait très bien que sa soif de liberté nous empêche, les gens de la bordure sont des êtres exquis. Je lui souhaitai bon voyage et il me conseilla un confrère, le docteur Sanson à Chambéry, nous habitons désormais Belley, de la logique en toute chose. Ce M. Sanson est un jeune type tout maigre, les bras pleins de veines, aux yeux plissés de beaucoup rire et avec qui, premier des critères, l'on irait volontiers boire une bière et rejoindre Vienne à ski. Il saupoudre ses hauts savoirs et tous ses diplômes rares d'une juste dose de légèreté. Quelles que soient les nouvelles, toujours la vie l'emporte. Quand je ne sais pas si l'on doit dire *anus* ou *rectum* pour évoquer cette zone qui semble irriter mon chien, lui dit *trou du cul* et je le comprends. Il m'apprendra le bouche-à-truffe, ce geste qui pourrait ramener Ubac à la vie.

Les premières visites chez le vétérinaire sont celles de la pente ascendante. On vient aux nouvelles du tout va bien avec presque du plaisir. Ubac est pesé, palpé, envisagé sous tous les angles ; il grandit, il grossit, il s'épaissit, on le tapote vigoureusement comme on le fait des choses solides. Régulièrement, un bout de lui pousse avant les autres, cette dysharmonie le flatte peu mais tout finit par s'équilibrer. Ces premiers rendez-vous ne sont que vigueur, invulnérabilité et suites heureuses. Le découpage d'une vie est finalement assez simple : un début où l'on croît et une fin où l'on décline, tout le fragile enjeu étant de consacrer la plus longue mesure au premier acte.

Les visites se ressemblent. Ubac entre dans la clinique, légèrement excité, il y a du monde, du bruit, ça sent bon la croquette et les congénères. Aucune parcelle de lui ne semble entrevoir qu'ici pourrait s'immiscer la douleur. Ses allers-retours déclenchant à chaque reprise la sonnette de la porte d'entrée font rire l'assemblée, le comique involontaire est le plus délicieux de tous. On lui dit beaucoup qu'il est beau et il en trémousse d'acquiescement, sans lassitude apparente. Par quelques clients, il est regardé avec les yeux de la mélancolie. Je me présente à l'accueil, je ne sais jamais dire si c'est Ubac ou moi qui a rendez-vous, je tends son carnet de santé bien tenu à la demoiselle avenante de l'accueil. Toute idée définitive dessert par essence sa portée mais je n'ai jamais vu d'assistante vétérinaire antipathique. Ubac est le préféré de la clinique. On nous dit de patienter, nous nous asseyons dans la zone des chiens, les cliniques vétérinaires sont l'Assemblée, il y a là deux camps qui s'observent et se disent un non systématique, les autres sont les chats. Attendre ici, c'est feuilleter un magazine à chien déjà feuilleté la fois précédente, c'est regarder un télé-achat où une sorte de Snoopy confiant vous fait l'article de la dernière molécule sauveuse, c'est ouvrir le livre d'or et le refermer car trop pleurent les mots, c'est lire les petites annonces au tableau de liège, matrimoniales, de toilettage ou de garde, c'est avec le binôme voisin discuter du nom, de l'âge et des raisons d'être là et c'est enfin, surtout, rappeler Ubac qui n'a de cesse d'établir un pré-diagnostic de tous les occupants de la pièce jusqu'au camp des matous. Certains sont dans leur cage de voyage, Ubac s'enquiert des motifs de leur incarcération et de la durée de leur peine. Ici comme ailleurs, il aime tout le monde, ici plus qu'ailleurs, il doit percevoir un climat d'inquiétude, alors en être prophylactique, il encourage chacun à bien aller. Est-il à ce point aimable parce qu'il aime tant ? Il n'y a que les boxers qui lui inspirent méfiance sans nul autre procès que leur gueule inexpressive. Louisette, pourtant, n'a rien du boxer.

Puis le docteur Sanson ouvre une porte, d'avance on ne sait jamais laquelle, crie « Ubac ! » et lui se précipite, surpris d'être connu. Les deux semblent satisfaits de se retrouver, ils partagent cette heureuse routine d'accorder à l'être de la minute toute leur attention, ce n'est qu'ensuite que je suis salué, ce protocole me ravit. À chaque vétérinaire, même à celui qui lui arrachera des cris de douleur et lui attisera la mémoire, Ubac offrira sa douceur sans aucune once de rancune ; de sentir sans doute que l'idée de chacun est de lui sauver la peau.

La petite chose vigoureuse est mise sur la table d'auscultation, bientôt il sautera dessus de lui-même. Je lui tiens la tête, lui chuchote une comptine audible de nous seuls pendant qu'on lui mesure toutes les constantes qui progressent, la nature est bien faite. On lui regarde les dents, les yeux et les pattes comme on le ferait d'un pur-sang, on me demande si je n'ai rien noté d'anormal, dois-je évoquer les selles molles du jeudi 6 vers 11 heures ? Un vaccin, un vermifuge ou un autre geste qui prévient et voilà tout. Ubac est reposé au sol. Le docteur colle sur son carnet une étiquette comme un passage de grade, il écrit deux bricoles sur un dossier, gêné en cela par Ubac qui du museau lui soulève le coude, heureux qu'il n'ait rien vu d'alarmant ; je note consciencieusement son poids sur le graphique, ce que l'on fait tous les six premiers mois et puis plus. Enfin nous payons beaucoup mais sans y penser et nous disons au revoir. Ubac sort de là, pleinement excité d'avoir vu, senti et d'avoir réussi à ce que les lendemains soient sereins. Sait-il déjà qu'un jour, entre ces murs, l'histoire sera moins légère ?

Les premières visites s'enchaînent ainsi au rythme des peurs absentes et d'une foi prospère en l'avenir. Sauf les yeux rouges meurtris et qui n'osent pleurer de femmes et d'hommes repartant seuls ou alourdis d'un cube en carton, sauf les hurlements sans équivoque d'autres Ubac, nous pourrions croire à une vie qui jamais ne s'affaisse. Pendant des années, ça ne sera que ça, des rappels de vaccin et de ce privilège si vite oublié d'être en pleine santé.

Avec Ubac, nous sommes de plus en plus souvent dans le Beaufortain.
Les week-ends, les vacances et des parenthèses sans doute excessives d'école buissonnière. Il y a comme cela des terres qui vous accueillent, il ne faut pas lutter. Ici, rien n'offense l'œil, tout parle d'équilibre, il y a cette sorte d'accord entre les gens, la terre et le rythme du temps. Les montagnes de ce massif sont rondes ou raides et selon les oscillations de notre existence, on vient piocher dans ce contraste les frissons ou les calmes plats. Il m'arrive d'aimer orgueilleusement cet endroit et de m'en dire. Chambéry s'éloigne quelque peu et, au docteur Sanson, il nous faut désormais adjoindre un vétérinaire de proximité pour les urgences et

les tranquillités. Ce sera la clinique des Quatre Vallées à Albertville, dans ces coins toutes les boutiques sont dites d'un versant, d'un sommet ou du bouquetin. Quatre, c'est aussi le nombre de vétos. Le docteur Forget est un peu le chef on dirait, il parle aussi fort que son âme est douce. Le docteur Wicky lui ne dit rien, on arrive à se demander s'il aime ce métier qu'il exerce avec tant de maîtrise. Le docteur Bibal rit les années bissextiles et semble voir partout de la gravité mais Ubac l'aime bien. Il sera remplacé (pour qui aime les vies endurantes, assister au départ en retraite d'un vétérinaire est un signe assez prometteur) par le docteur Deleglise, un jeune premier, prévenant et dont la petite voix calme soigne déjà à moitié. Autour de ces quatre mâles s'organise une équipe d'aides vétérinaires qui jonglent du secrétariat au guichet des inquiétudes, du commerce à l'assistance chirurgicale, touchées par la grâce de l'amabilité joyeuse et de cette élégance infinie, celle de se souvenir précisément de vous. L'une d'elles sauvera l'un de mes chiens.

Ces individus divers et qui s'installent dans ma vie me font l'impression d'un équipage s'imposant naturellement au point d'imaginer qu'on l'a choisi et avec lequel nous allons descendre les caprices d'un fleuve.

Le début est calme, lisse et radieux. La conduite du radeau est aisée, à peine des remous, il ne s'agit que de goûter au présent et au redoublement des joies, se laisser bercer par la certitude absolue que, la vie entière, ce sera cela, et ne pas craindre l'aval, pourquoi d'ailleurs, demain est entre de bonnes mains.

Il y a bien çà et là quelques chocs qui ballottent mais sans gravité et qui ne font qu'attester de la robustesse de l'embarcation : des douleurs mécaniques d'un chien actif, après tout, ces autres vivants disposent de muscles, de tendons, d'os et d'une mécanique assez semblable à la nôtre jusqu'à ses seuils d'ankylose. Rien d'anormal mais assez pour se le demander. Bibal me dit de ne pas trop fatiguer mon chien, Sanson, lui, m'assure que, sans autre artifice que le mouvement de mon corps, jamais Ubac ne s'épuisera avant moi et je souscris à cette idée de sa vigueur supérieure. Il me dit également que personne ne connaît mieux ce chien que moi et que le projet ne semble pas être de l'user ; j'aime beaucoup cet homme. Alors nous courons, nous sautons, nous glissons, nous nous redressons et nous tombons à nouveau. Ces petits chocs me paraissent moins exposer que fortifier ce chien ; la vie, dans sa prodigalité d'amusements, continue et l'on n'a jamais trop confiance en elle.

Puis le fleuve devient subtil, piégeur. Le débit est raisonnable, les berges enchanteresses mais il y a ces discrets mouvements d'eau qui, s'ils sont pris de haut, vous envoient au fond. De petites choses, si rien qu'on ose à peine les exprimer au docteur de peur de passer pour l'angoissé greffier de son chien, mais suffisamment là pour rappeler ce que cette vie a de vulnérable et d'incertain. À trois reprises, Ubac est touché par la piroplasmose. Deux fois, il aurait dû en mourir. Pour la dernière, il s'en est fallu de quelques heures. Ubac vaque tranquillement à sa vie, mange, dort, joue, et brutalement il s'affale, l'urine couleur café, les yeux gorgés de questions et fatigués de vivre. Parfois il n'y a que le temps pour aller mieux, là c'est l'ennemi premier. Durant le trajet d'à peine trente minutes entre Beaufort et Albertville, je me retourne sans cesse pour m'assurer qu'il n'est pas déjà mort. À la clinique, le docteur Wicky, en un recueil de quelques gouttes de sang et une lame d'observation le sait. « Piro ! » Le feu. Encore. À la troisième, on en meurt, personne n'a trois reins. Ubac restera deux jours là-bas à attendre que ses constantes progressent. Ces tiques sont la plaie du monde, une tête d'aiguille sournoise, laide et prétentieuse qui aspire toute vie autour et tue jusqu'au plus altier des mustangs, maladie de la honte car elle signe votre faillite à les avoir repérées, mais comment faire quand elles sont soixante à sucer le corps de votre chien et qu'à la cinquante-neuvième retirée, éclatée, vous vous pensez sauvé ? Qu'on ne me dise pas que tous les êtres ont une utilité sur terre, ceux-là gonflés du sang des autres ne sont ici-bas que pour gâter la vie. Seules les mouches qui, la besogne terminée, pointeront leur voracité hideuse disputent aux tiques le titre du vivant le plus haïssable.

Une autre fois, c'est encore plus petit. Un chien à ses côtés, on craint les trente-huit tonnes, en réalité, c'est le millimètre qui terrasse. Au hasard d'une lumière rasante, je découvre cette minuscule verrue au coin de l'œil d'Ubac, *verrue* c'est un bon mot, il réclame le bénin. C'est Forget qui officie, il est le spécialiste de la peau, cette précieuse membrane que les chiens cachent sous leurs poils. Le fâcheux avec lui, c'est que pour chaque signe clinique il joue de l'algorithme. Il ouvre avec générosité la porte de son savoir et à partir de cette chose qu'on a dite verrue, il expose tous les probables, du plus usuel à ce dramatique en *ôme* qui ne survient que dans trois pour cent des cas. Bien sûr, aidé en cela par le requiem d'Internet, l'on finit par n'envisager que ces trois qui font cent et il arrive que le sort nous conforte dans cette prédilection pour le pire. Alors le diagnostic s'affine et mutile. Il faut ouvrir le front d'une bête qui n'a rien demandé, lui faire des trous et des bosses, retirer cette chose infime, la disposer dans un petit récipient, puis dans une enveloppe, la poster soi-même vers un laboratoire, éventuellement prier ceux dont on a ri et attendre. Attendre que le docteur appelle et dise ces mots longs qui rapetissent les vies, quelque chose comme *mastocytome*, courant, parfois tueur. Pour bien faire, conclut le docteur, il s'agira de surveiller Ubac de près, c'est le projet déjà mais la vie se crispe.

Ces mouvements d'eau changent la donne, la navigation se tend, l'on se met à guetter les tumultes et goûter moins puissamment aux accalmies. Les consultations perdent en légèreté. Souvent, je dois aider le vétérinaire à tenir mon chien, pour qu'il ne s'agite pas, pour qu'il n'ait pas mal, pour lui retirer un bout de corps, pour savoir. Je m'en veux affreusement, écœurante impression d'être aux sources des douleurs et des peurs infligées. Allongé sur le flanc, moi plaqué sur Ubac dans un tablier de plomb, nos regards se croisent et je vois son incompréhension à ce que je sois complice de ce rapport inégal. Rentrés à la maison, il me faut lui refaire mal, le panser, lui faire avaler des drogues par des tas d'astuces dont la plus perverse, la douceur. Il lui arrive de s'éloigner quand je m'approche, jamais il ne fait ça, j'ai assez peur qu'il perde confiance. Je lui dis ces banalités, « C'est pour ton bien » quand tout ressemble au mal, et je saisis toute croyance arrangeante dont celle qu'il en soit persuadé. S'engage une violente discussion entre un pan de soi priant de le laisser tranquille, qu'il joue sans peine à gober les bourdons, et un autre convaincu que ces parenthèses inamicales sont nécessaires à ce que la vie s'allonge. Intense ou durable qui n'a jamais réfléchi en ces termes à la vie ?

XII

– Mais où est Ubac ?
Les rares instants où il n'est pas là, à mes côtés, cette question revient. Aux yeux de mon petit monde, nous formons une dyade, un organisme vivant, ni lui ni moi mais fait des deux. Je n'ai, je crois, jamais passé autant de temps avec un même être. Lorsque je marche, nous marchons. Lorsqu'il s'arrête, je m'arrête. « On se demande qui tient l'autre ! » me dit un matin un passant alors que nous étions Ubac et moi, genou contre flanc, à musarder. Il y a de cela oui, de cet équilibre réciproque, tels les claveaux d'une voûte se rejoignant en un tout finalement robuste. Qu'est-ce que l'amour aussi si ce n'est ne plus être seul ?
Parfois je me surprends à ne réclamer de la vie aucune relation supplémentaire, c'est inquiétant. N'y a-t-il plus de place pour d'autres réchauffements ? Les amis sont là, la famille, les compagnons de jeu et je ne me retire pas d'eux, je les

côtoie, comblé qu'Ubac ait intégré ces groupes à la place qui est la sienne et qu'il remplit à merveille : à proximité du centre. Mais aux liens plus intimes, à une relation unique, étroite et continue, quelque chose qu'on appelle l'amour, je ne pense pas, pas autant que son absence devrait le réclamer.

 Le plus souvent, nous sommes seuls, « tout seuls les deux », disent les enfants qui s'en fichent bien des illogismes. Nous promener, nous enlacer, rendre visite et recevoir, boire un café en terrasse, prendre et donner des nouvelles, partir en week-end, aller voir la vue, accorder nos enthousiasmes, se manquer, ce que l'on fait d'ordinaire avec des gens, voilà à quoi nous nous livrons. Avoir un chien, c'est être dans le monde sans y être tout à fait, pas en périphérie, bien dedans mais joyeusement translucides, c'est comme s'autoriser une solitude voilée, heureuse et passagère. Vous seriez sans cesse seul, assis sur un banc, errant dans les foules, les rues et les forêts, on s'inquiéterait pour vous ou l'on vous traduirait en misanthropie, mais là, d'être avec votre chien, on vous laisse tranquille, certains vous comprennent car ils savent comme ces exils offrent bien plus de réconfort que les carences qu'on leur prête. D'affection je ne manque pas, la vie est de toutes parts généreuse et, n'en déplaise aux psychologues autoproclamés, l'on ne prend pas nécessairement un chien par carence, les cumuls à ce sujet sont licites.

Mais si j'aime l'idée d'un homme et de son chien suffisant, je me méfie des ressacs. Je sais trop les impressions de déni du monde, les dommages du huis clos et les vides à venir, l'humanité attend peu votre retour en ses grâces et on ne peut lui donner tort, vous lui avez si souvent signifié comme l'homme valait moins. Et il y a d'autres balancements. Il y a que l'attache portée à mon chien et reçue de lui donne furieusement le goût d'aimer, à peu près toujours. Il y a ce doute quant à mon propre pouvoir de plaire sans les beautés ruisselantes d'Ubac. Il y a, malgré la joie des partages, l'envie tapie de retrouver les forces d'une identité rien qu'à moi.

Quelques visiteuses du soir et des matins sont bien venues se perdre à mes côtés. Brièvement. Elles trouvaient Ubac vraiment mignon, par conviction ou séduction, je n'en sais rien. Lui comprenait mal que la porte de ma chambre fût exceptionnellement fermée et que nous ne jouions pas au cache-cache d'après dîner. Dans sa constance, le chien ne peut imaginer que l'homme fluctue de registre en registre. Mais il en faisait peu cas, en dépit de ces négligences et de corps plus serrés qu'à l'habitude, ces visiteuses n'étaient à ses yeux que des humains parmi d'autres dont il devait deviner, armé de ses sens à présage, qu'elles ne faisaient que passer. Il m'arriva, goujat, d'être satisfait qu'on nous laissât seuls. Ubac et moi.

Mais dans le monde, parmi les milliards, il y a Mathilde. Un jeudi froid de novembre, à la sortie de l'amphi Astree 13, plombés par un incompréhensible cours de psychophysiologie sur la nature du réflexe et les gestes sans conscience, nos regards s'étaient croisés, pénétrés, presque défiés. Il était 10 h 20, ça sentait la clope et le café, le cours n'aurait pas repris nous y serions encore. Avant cela, nous ne nous étions jamais aperçus, peut-être n'existions-nous pas. C'est une brune, noire des cheveux, de la peau, aussi des yeux qui vous disent de passer votre chemin. Le blanc surgit quand elle rit, très sensible à la joie, ça lui arrive beaucoup. En survêtement, tenue officielle des lieux, elle est élégante, ce n'est pas donné à tous. Souvent elle fait la fière avec exubérance, ce que font les êtres qui doutent éminemment d'eux. Épiant chacun les habitudes de l'autre, nous nous sommes recroisés un peu moins par hasard, et quelques types de la fac, en plus de joyeux lurons, avaient par ce hasard qui décide de tout la bonne idée d'être des camarades communs. Puis il y eut les machines à café, les chambrages à la pause, le sort heureux des groupes de TP, les révisions prétextes, la compagnie de l'autre glanée, nécessaire et prodigieuse, les mouvements du corps puisque STAPS c'est cela, les célébrations du jeudi, l'Oxxo ou le moindre PMU, les nuits à refaire le monde et à nous extirper de nos vies respectives le temps d'imaginer, pas à pas, les contours d'une autre. D'ailleurs nos vies se ressemblaient beaucoup, leurs trajectoires, leurs rebonds, leurs murailles, nous étions comme sur une même voie et quoique cela pressente l'accord, il est toujours plus ardu de faire se rejoindre des chemins parallèles. Ce fut une danse charmante, à provoquer et retarder, à ne jamais brusquer, à guetter les appels mais à admettre de penser en mois et en années, ces dilatations du temps qu'intiment le respect de l'autre et la présomption d'une histoire singulière. Car dès les premières minutes, il y avait comme une aérienne conviction que nos vies un beau jour se lieraient mais elles en étaient empêchées par nos loyautés envers d'autres êtres à qui l'on avait promis beaucoup et dont on souhaitait que l'évidence les évacue avec le moins possible d'ingratitude. Rôdait sans doute aussi cette crainte, classique des préambules, que l'accès à la réalité tue le rêve et cette orgueilleuse certitude que nous valions mieux qu'un PEL et des armoires IKEA.

Avec Mathilde que je trouve très belle, nous partageons une certaine vision du monde, juste ce qu'il faut de différences pour nous additionner. Lorsque nous nous voyons, nous commençons une phrase la veille et la terminons le lendemain ; la nuit aux verres de vin, les discussions s'attisent mais sans débords, si le feu prend, il ne sera pas de chaume. Nous dormons ensemble sans autre idée que de veiller l'un sur l'autre, ce qui nous entrelace parfois. C'est la sœur qui me manquait, on hésite à désirer ses sœurs. Nous parlons de tout, beaucoup de ce que l'autre nous inspire et nous épaissit. Nous nous avouons nos fêlures et faisons, chacun, semblant de ne pas les avoir entrevues. Dans les bars et les brasseries où nous allons dès que possible, nous regardons les couples qui n'ont, jusqu'à l'arrivée du gratin, plus rien à se dire, nous pouffons lourdement, sûrs de notre fait ; du parquet en chêne au 501, tout ce qui est usé gagne en beauté, pas l'amour. Ensemble, la vie est puissante et un coin de moi me souffle que cette intensité supporterait aisément la durée. Nous parlons aussi des chiens, elle me raconte son enfance à quatre pattes et ses cheveux trempés collés d'avoir été lichée par ceux des oncles, des tantes, toujours des autres, Taquin, Wapiti, Tupoleff et la BX de Bernard qui puait fort Rako. Mathilde les aime. Sans cela, me semble-t-il, je ne pourrais envisager de l'aimer. Sans cela, nous n'aurions d'ailleurs jamais rapproché nos vies au-delà des happy hours, car chez l'autre, l'amour ou non des bêtes se perçoit immédiatement – une phrase, une attention ou leur absence – et fait, parmi d'autres de ses goûts et dégoûts, ce qu'il est profondément et qui nous rend ou non associables.

Au téléphone, Mathilde m'a dit qu'elle aimerait venir passer un week-end au Bourget, histoire de voir ce fameux chien dont nous parlons à longueur de coups de fil. Aller la chercher à Lyon (elle enseigne à Paris) accompagné d'Ubac dans le van est d'une rare euphorie. Il y a de la retrouver, il y a de les présenter pour la première fois l'un à l'autre, eux qui si l'histoire dit vrai connaîtront ensemble mille levers de soleil. Nous nous saluons en nous serrant fort, se faire la bise n'aurait aucun sens, et j'ouvre vite la porte latérale du fourgon. Ubac en surgit, c'est un sentiment idiot la fierté mais j'en suis là. Mathilde le découvre, sidérée comme s'il était venu cet instant qu'elle réclame depuis ses premières listes au père Noël. Ils se donnent de la patte, de l'accolade et des petits hurlements. Puis ils courent beaucoup et bondissent longtemps sur un terrain de football tout proche. Ils s'en fichent de moi, c'est parfait. C'est leur rencontre, j'en suis le spectateur ébahi et sur les quatre milliards qui, je l'espère, agiteront mon cœur, ceux-là de battements sont d'ores et déjà archivés.

Le soir venu, autour de ma minuscule table en bois dont le point fort est de rapprocher les êtres, nous reprenons la discussion interrompue il y a deux ou trois mois. Il s'agit des lourdeurs et des embellissements de l'existence ou quelque chose comme ça. Aussi de Romain, de Sylvain et de quelques autres de la mémoire collective. Qu'Ubac soit là est très pratique pour réduire l'espace du trouble et garnir les silences qui s'invitent de plus en plus nombreux ; on a beau se dire qu'il y a devant nous toute la vie, il est des sabliers que le désir agite résolument. Ubac par-ci, Ubac par-là, cette diversion tombe bien et nous fait contourner les ultimes déclarations, ces derniers pas où l'on manque chacun, quel que soit le breuvage, d'un peu d'audace pour se dire des vérités frappant si fort en nous qu'on les imagine repérables mais auxquelles il faudra un mot, quelques lettres, un geste, quelques centimètres pour éclater au réel.

Ubac ne proteste pas contre l'idée de jouer les premiers rôles et pour nous il s'agit encore et toujours de parler des cœurs qui battent et des yeux qui regardent, alors ça va. Que la vie me préserve d'avoir un jour auprès de cette femme comme unique désir de ne pas oublier les yaourts de d'habitude.

Mathilde et Ubac jouent ensemble, dedans à de fameux tours de prestidigitation, dans le jardin à se courir après, ces deux cœurs-là sont gros. Ça dure à peu près toute la nuit, les rares fois où nous nous retrouvons avec Mathilde, au repos, rien n'est concédé. Je les observe, ils vont bien ensemble, ce que je veux je vois. Cette même vigueur, cette même soif de capter l'instant, cette même attention joyeuse à l'autre et l'on s'en fiche du bruit qu'on fait. Comment les chiens font-ils quand ils éclatent de rire ? Ubac a la langue pendue et embue la terre entière, Mathilde est griffée des deux joues, ce n'est pas très fille, ce qui l'arrange. J'aime beaucoup qu'elle ne lui parle pas comme à un enfant de trois ans, ne pas le gâtifier est une considération. Ubac, lui, est un peu différent. Plus virulent, plus puissant, plus mâle, qui mordille et moleste, l'instant d'après craintif à se réfugier dans mes pattes tout en faisant rempart. Est-ce son âge qui le modifie ou la présence de cet être différent ? Il semble vouloir lui dire bienvenue, s'il te plaît reste avec nous, mais comme inquiet qu'elle dérobe trop de sa vie. Lui qui ressent les destinées avant même qu'elles n'éclosent doit avoir compris que nous nous tenions là, tous, à une chicane de nos existences.

Au petit matin, ils se sont assoupis, enfin las de jouer. Mathilde a la tête posée sur le pouf noir, le reste de son corps sur le tapis, les courtes nuits sans sommier, on se souvient de chacune d'elles. Ubac aussi, pouf et tapis, sa patte avant posée sur le bras de sa visiteuse, son ergot planté dedans comme on dit « Ne bouge pas ». Je fais du café, filtre au sopalin, fort, très fort, les estomacs se reposeront lundi. Observant les deux endormis, je me dis que tous les matins pourraient être ceux-là, qu'aucun amour n'en annule un autre, c'est tout bonnement l'inverse. Et si nous faisons Mathilde et moi un bout de chemin jusqu'à l'infini, alors quelqu'un d'autre que moi se souviendra et saura dire au monde quel chien était Ubac. Comme témoin, je ne vois qu'elle.

Le soir de ce matin-là, nous avons fait l'amour sans que cela ne gâche rien.

XIII

Les premiers mois, nous nous voyons uniquement les week-ends et lors des vacances ; l'Éducation nationale n'en a que faire des besoins d'être ensemble. Peut-être est-il bon qu'elle les éprouve ? Nos zones, la A, la C, puisque c'est ainsi que le tourisme saucissonne la France, ont cette année-là une semaine en partage.

Au Revoiret, chaque arrivée de Mathilde dans sa 306 Équinoxe rouge est célébrée de façon éruptive par Ubac. Au pas de leur porte, Jacqueline et André l'accueillent de moins de bonds mais d'une chaleur égale, plus que d'autres ils savent comme une vie à deux tient mieux debout. Tchoumi vient aux nouvelles et pousse une sorte de hululement de labrador qui semble dire la joie. André appelle Mathilde « ma fille » et la prend dans ses bras, la sienne, retirée auprès des moniales de Sainte-Cécile, a disparu des étreintes. Ubac saute, court, enchaîne les demi-tours, jappe de retrouver cet être attentionné, s'assoit au milieu de nous, une main de chacun entreprend de le caresser et une vie à trois s'installe de façon douce, interrompue et éclatante. S'il semble satisfait de la tournure des événements, Ubac n'oublie pas d'exprimer son goût de l'exclusivité sombrant franchement dans la régression, refaisant ses besoins à l'intérieur – une préférence pour le seuil de la porte de notre chambre au petit matin –, se découvrant une passion solide pour la coprophagie, mâchouillant résolument quelques cordes d'escalade, grattant le placo jusqu'aux rails et autres jalousies charmantes destinées à nous rappeler sa juste place et sa crainte qu'elle se dissolve dans le trois. Avant de signer pour une pleine fidélité et un dévouement constant, un chien peut signifier dans une même journée et à une même personne que sa présence l'enchante mais qu'il ne serait pas peiné de la voir débarrasser le plancher.

À plusieurs reprises de cette relation débutante, nos corps emplis de désir nous font faire l'amour sans préavis en des endroits accessibles à la curiosité d'Ubac, ébats qui perdraient de leur intensité s'il fallait les organiser ou les suspendre pour signifier à un bouvier bernois d'aller voir ailleurs si nous y sommes. Il est assez troublant, pour tout dire vexant, de sentir la langue râpeuse d'un canidé sur ses plantes de pieds en plein exercice appliqué et véhément de l'amour mais il est ainsi des vies sans planning ni barrière que tout s'entremêle avec plus ou moins d'harmonie et de convenance. Bien qu'ayant appris par le malicieux docteur Sanson qu'au sein d'une meute, seuls les dominants ont une sexualité publique, j'ai tout de même demandé à André où se trouvait la clef de la porte entre garage et jardin afin d'être certain, de temps à autre, qu'Ubac ne puisse s'employer à étudier la parade nuptiale que des seules grenouilles du parc.

En fin d'année, Mathilde est mutée dans le Sud, zone B, pas mieux, à quatre cents kilomètres encore de notre semblant de camp de base mais dans une autre direction, à d'autres heures de notre vie débutante ; décidément l'administration s'est mis en tête d'évaluer la détermination de notre histoire. Certaines fins de week-end, si elle n'ose me le demander, je ressens son besoin de se rendre en ces terres arides avec Ubac, comme pour emporter un bout de nous et égayer ses jours ouvrés. Sans plus s'interroger, Ubac saute dans le coffre de la 306, que ce chien prenne la vie simplement est le plus doux des remèdes. Dans son gros cœur, ça y est, Mathilde m'équivaut. Les sièges arrière rabattus, sa grosse tête au plafonnier, il se retourne, me regarde pour me dire de ne pas m'inquiéter et ils s'en vont. Je leur fais un signe de la main jusqu'à les perdre de vue, au virage des poules. Puis André qui nous laissait discrètement seuls m'entrouvre la porte, « venez seulement Cédric ».

Faisant tournoyer son verre, il m'explique ce que sont les larmes du vin, ce qu'elles disent de sa valeur et comme le machuraz console de bien des maux. Il est dimanche. Lundi, mardi sont les jours à mémoire dont le parfum de traîne, jeudi, vendredi ceux de l'imminence, mercredi dure plus que de raison. Ubac, me dit-elle au téléphone, préfère les montagnes à cette mer qui aplatit la vie.

Puis la séparation devient insupportable, aucune minute à distance, voilà en gros le projet.

Le bonheur est ainsi fait qu'il suggère à ceux s'y adonnant de sacrifier tout ce qui ne le nourrit pas directement. La carrière est notre première idée d'exécution, nous saurons mieux faire de la vie que d'en gravir les échelons. Mathilde se cabre face à l'institution qui joue de tous ses arrêtés pour faire pièce à notre idée assez simple du bonheur. Elle plie bagage et me rejoint hors les lois de la vie tracée. Il y a cet âge où l'on croit pouvoir tordre le monde à l'aune de nos manques et de nos bouillonnements jusqu'à le faire céder, l'enjeu d'une vie est que cette prétention, cognée de sagesse, s'éteigne le plus tard possible. Avec Mathilde nous entretenons cette illusion du mieux que nous pouvons, naviguant, deux sans barreur, entre naïveté et conviction. Elle me rejoint, ses sacs remplis, et nous vivons chez André et Jacqueline à plein temps, délicieux moments où nous ne nous perdons jamais de vue, les appels du rectorat comme seuls nuages noirs, bureau B124,

Mlle Rabat-Joie nous exposant toutes les sanctions encourues et prestement appliquées, des sous en moins, des blâmes en plus, l'administration est ce moteur à deux temps, lent s'il vous est redevable, véloce quand il s'agit de gronder. Cet encanaillement nous soude plus encore et le bonheur d'être ensemble éponge tout le reste. Comme pour défier plus encore les lignes droites, autour de nous rien n'est stable mais nous achetons un vieux chalet d'alpage, lieu-dit Le Châtelet, perdu dans les forêts et prairies du Beaufortain, loin de tout dont le travail, sans eau, sans électricité, au bardage vermoulu, pris par les ronces et vacillant de toutes parts mais plein sud, entouré de renards, de cerfs et survolé de buses bavardes, ce qu'aucun de nous trois ne tient pour chose secondaire. Pour des êtres en train de fusionner, il existe un mouvement doux et dur qu'est le retrait et qu'accompagne à merveille, isolante alliée, la nature. Nos familles respectives s'affolent de tous nos choix de paille mais nous avons grandi ; il se dit que nous faisons à trente ans notre crise d'adolescence, c'est une bonne nouvelle, si tout de notre vie prend du retard, la mort ne manquera pas de s'y plier. C'est un classique de la psychologie amoureuse au pic de sa verdeur : attiser de déraisonnable la déraison, défier normes et attendus afin de fréquenter assidûment les réprobations dont nous sommes sans nous l'avouer la cause mais auxquelles nous tentons d'opposer un mépris souverain. Ainsi tout fait mine de contrer nos rêves, alimente nos croyances que la terre entière nous néglige et renforce cette certitude de profondément nous suffire. Sans doute cette stratégie opère-t-elle jusqu'à des seuils où le bazar des vies et la lutte perpétuelle disloquent la force du noyau plus qu'ils ne l'augmentent. Prenons garde à la bascule.

Nous sommes tous les trois, du plus possible. La semaine, je travaille ce qu'il faut. Mathilde et Ubac explorent les bois autour du Châtelet et le soir venu ils m'emmènent à leurs trouvailles de cascade, de chanterelles ou d'une clairière à biches. Mathilde se fait tancer toujours plus, ces bois, c'est un peu son maquis. Je m'épuise sur la route mais je m'en fiche, rejoindre ce fortin prime sur tout le reste. Les jours se ressemblent mais rien n'est remis au lendemain, nous marchons main dans la main, Ubac se glisse entre nous, agitant ces dix doigts serrés de son museau terreux, nous n'en demandons pas plus à la vie que ce roman-photo. On ne le sait jamais sur l'instant et c'est tant mieux mais ces jours rebelles seront des plus fastes. Le week-end, nous partons escalader les montagnes, choisissant des voies au bas desquelles Ubac peut nous attendre paisiblement à la grande joie surprise d'autres grimpeurs. Un jour, à la Tête de Balme, il grimpe même les deux premières longueurs en 4b, nous attendant sur une vire perchée, longé au rocher et abrité du soleil par une couverture de survie. La cordée suivante croira au yéti et tressautera plus que lui.

L'hiver aussi est un bon moment. Avec Mathilde, le matin nous faisons du ski, l'après-midi l'amour et le soir des pâtes au pesto. Quand nous partons plusieurs jours, peaux de phoque aux semelles, Ubac nous accompagne ; nous dormons dans la tente, je lui dis que tout alpiniste doit porter sa propre nourriture, c'est une règle mais j'accepte de me charger de la sienne tant la nuit il nous le rend au centuple, réchauffant notre habitacle et nos corps transis mieux que ne le feraient les sources chaudes du Monêtier. Il s'endort en quelques minutes, grogne de contentement et imite le ronflement des hommes. Le matin, je vois bien dans les yeux de Mathilde qu'elle suspecte fortement qu'un chant en canon ait eu lieu. Ubac, lui, sort de la tente tapissée de givre comme nous irions à la plage, nous lui ouvrons l'abside et il prend l'air. Nous l'observons, admiratifs ; dans ces lieux rudoyants, il n'a besoin de rien d'autre que d'être ce qu'il est et de s'élancer quand nous autres empilons des kilos de plumes d'oies et des heures préparatoires pour y survivre, de quelle robe est-il fait ?

D'autres fois, nous consacrons notre temps libre à la rénovation du chalet, chantier dont nous n'avions évidemment pas mesuré l'ampleur, armés de nos frêles compétences et de nos menues économies. Ubac s'endort à cinquante centimètres du marteau-piqueur et de l'affaissement des murs sans fondation, teinte son poil noir de plâtre blanc ou d'huile de lin, dégote des objets centenaires dont un détonateur et sympathise avec un couple de blaireaux, toujours décidé à n'encombrer sa vie d'aucune méfiance. Le soir, armés d'un réchaud et de lampes frontales, nous buvons une soupe aux pissenlits et mangeons de la glace à la vanille nappée de chocolat pour que la gourmandise l'emporte jusqu'à la nuit. S'il fait encore froid dans ce chalet ouvert aux quatre vents, nous buvons du vin. La vie est belle et pour trinquer à ses bonheurs, il suffit donc d'être liés. Puis des fenêtres à la place des trous puis la lumière sans bougie puis le poêle et l'eau chaude arriveront et ce confort offert par étapes nous fera goûter à chacune d'elles comme un bon dans le siècle.

Ubac est systématiquement avec nous. Dans tout endroit où nous nous rendons, il est là ; évidente et discrète, sa présence s'efface. Cette grosse bête se meut avec une agilité si feutrée entre les fins de porte, les pieds de table et les jambes anonymes qu'on oublie qu'il est là, le sait-il, voilà son atout majeur pour s'assurer d'en être. Et lorsque l'on s'arrête, au restaurant, dans une gare ou dans un pré, sa façon de s'amarrer est la même. Soit il pose un bout de corps sur nos pieds, ayant compris que tout mouvement naîtra d'eux, soit, après étude rapide du lieu, il se place au carrefour d'une éventuelle évasion. Dans les deux cas, on dirait la tranquillité, flanc et tête posés au sol mais un œil à tout et l'autre à nous.

Élever Ubac, de façon nous semble-t-il juste et harmonieuse, pourrait nous donner confiance en l'idée d'avoir un enfant. Un vrai, qui parle, fait des études et nous souhaiterait nos anniversaires. Mais nous n'en voulons pas, ni Mathilde ni moi, combien de fois en avons-nous parlé, enchantés que sur ce point aussi nos visions de l'existence se rejoignent. Nul besoin de prolonger notre amour par la création d'une vie, il sera assez fort pour durer seul.

Ce chien n'est un être ni de substitution ni de projection. Ubac grandit, vieillit, au convertisseur, il est désormais plus vieux que nous. S'il eût été notre fils, il serait alors aujourd'hui notre frère et demain notre père, dans une inversion signant l'absurdité d'y souscrire, le respect de nous-mêmes et d'Ubac en tant qu'être vivant à part entière passe par le rejet de ce type de confusion. Schopenhauer avait fait de son chien Atma son légataire universel. Si l'idée est plaisante, je crois finalement qu'elle dessert la cause des hommes et des chiens, humaniser, ce n'est pas l'humain partout.

Nous ne l'envisageons pas davantage comme un mâle à collier bleu dont il faut plus encore bander les muscles, il est une vie et il en fait bien ce qu'il veut. Dans la nature protégée des étanchéités de genre, les femelles mordent, protègent, et des mâles couvent. Ubac n'est pas pour autant dépourvu d'identité, pétri de son caractère et de ses expériences, il est reconnaissable parmi des millions. Ensemble, nous sommes un couple et une sorte d'alter ego, juste là, à côté et parmi. Ensemble, nous sommes trois êtres vivants, voilà tout. Un jour à papillotes en chocolat, nous avons ri de la petite symbolique des chiffres expliquée en chacune d'elles jusqu'à ce que le chiffre trois nous rabatte le caquet, son papier argenté nous servit du parfait équilibre et le déroulement du temps : hier, aujourd'hui et demain. Il semblait s'adresser à nous. Nous les athées mordicus, voilà que la trinité nous parlait.

Certains nous déclarant famille, nous préférons *meute* car au sein d'un tel groupe où les liens du sang ne sont pas exigés, l'on se jure sans cérémonie fidélité, secours et liberté. Par cette coquetterie de langage, nous nous offrons aussi le droit de draper notre vie de cette sauvagerie qui lui manque copieusement et, si au sein de cette meute, les zoologues tiennent absolument à repérer l'alpha dominant, disons-leur qu'il est notre rêve candide d'éternité.

Ce matin, au café des Sports d'Arêches, Félicien son tenancier octogénaire, tablier bleu à poche, carnet spiralé dedans, bic noir sur l'oreille, à qui l'on doit invariablement « quatre quarante » quelles que soient les boissons commandées, m'a servi mon café et pas de sucre, bonheur des habitudes et du sentiment d'être d'ici, ainsi qu'une écuelle d'eau pour Ubac. Il a porté son plateau rond en bois à la poitrine puis du regard fait le tour de son estaminet.

– Votre Mathilde n'est pas là ?

Lui qui me tutoie comme un petit-fils, j'ai compris qu'il parlait aussi à Ubac et d'un tout à huit pattes qui semblait, de ses yeux experts, tenir à peu près droit.

Comme cela renforce.

XIV

Pour cela aussi, il est bon que Mathilde soit là. Car nous fréquentons plus assidûment la clinique vétérinaire, trop à notre goût d'une vie sereine, il semblerait qu'il n'y ait pas de droit durable au bonheur sans s'acquitter de quelques rançons. Plus aucune visite n'est insouciante, l'idée que je me faisais de la navigation vétérinaire se tend. Que vont-ils nous dire cette fois ?
Ubac le vulnérable se disperse moins, il ignore jusqu'aux autres bestioles, là, collé entre nos jambes, un créneau pour Mathilde, le suivant pour moi, comme pour se dissimuler en nous, à en faire reculer nos chaises. Je ne consacre plus rien à le rappeler, davantage à l'apaiser, son corps haletant, sa mémoire cinglée nous suppliant qu'on s'en aille et que l'on retourne à la vie calme. C'est une crainte au cube, la sienne et la nôtre. Que j'aimerais être ici pour un simple vaccin. Les visites désinvoltes ne sont pas si lointaines, c'était hier et l'on

voudrait déjà y revenir, les vies courtes enseignent tôt le mal du temps. Chaque petite anomalie est signifiée aux experts, plus rien ne ronronne, tout jaillit, l'éventualité du fâcheux joue les premiers rôles, de nous être inquiétés à raison alimente les inquiétudes suivantes. Plus aucun vétérinaire nous dit qu'Ubac grandit, il vieillit. Heureusement, la vie comme un fleuve est une oscillation, et entre les peurs il y a ces zones où l'on va mieux, où l'on va bien, jusqu'à oublier et ne plus craindre. Heureusement, autour des affolements et qui s'acharnent à les taire, il y a les joies tranquilles, sublimées par ce que l'on sait désormais trop d'elles : leur fugacité.

D'autres fois, sans s'annoncer, l'embarcation heurte un obstacle avec fracas. Il s'en faut de peu que tout chavire et s'éparpille aux courants. Ubac est là, prostré sur la terrasse du Châtelet. Il est 8 heures à peine. Habituellement, les retrouvailles du matin sont des débordements, les nuits canines remettent les cœurs à zéro. Je m'assois sur le seuil, Ubac le charnel ne s'avance pas. Il le voudrait mais son corps est pétrifié. Je vais vers lui, je sais déjà qu'il se joue l'extrême, j'appelle Mathilde. Je lui touche à peine les flancs, il hurle. Ses yeux nous disent qu'il ne sait pas et qu'il n'y a plus que nous, je m'efforce de ne pas lui montrer ma frayeur, je me saisis de lui, tente de ne pas lui faire plus mal encore. Nous montons vingt-six marches jusqu'à la voiture, je sens à peine son poids, l'urgence pioche les forces d'un autre, la dernière planche de bois pourri cède, je manque de le lâcher. Il faut rouler vite et doucement, sur la route appeler le vétérinaire de garde, nous sommes samedi. À la clinique, le calme du docteur Wicky nous rassure à peine. Après une radiographie et une échographie, le diagnostic surgit d'on ne sait où : rupture de rate, péritonite, début de septicémie, mort imminente. Nous parlons cette fois-ci de minutes. Une assistante vétérinaire est arrivée à toute allure, une chirurgie s'organise dans la foulée. « On vous appelle dans l'après-midi. » Et nous, seuls et cois, dans la salle d'attente. Lui avons-nous dit au revoir convenablement ?

Ubac ne sera visible que deux jours plus tard. Dans sa cage. C'est un blessé de guerre, rasé sur une moitié de corps, couturé de part en part, d'agrafes peut-être cent. Nous nous retrouvons comme une première fois, il gémit d'une joie plaintive, j'ai peur qu'elle lui éclate le ventre. Je ne veux pas pleurer, mais je pleure beaucoup d'après-coup et d'avoir cru à la fin. Ce sont toujours les mêmes larmes à contretemps, au nom de la souffrance du monde, elles hésitent un instant, font du surplace un peu derrière le nez puis s'en moquent et inondent ; qui classe les raisons d'être en peine ? Ubac lèche mon chagrin à même les paupières, le goût du sel et de l'amour. Nous pourrons le récupérer dans deux jours, diraient-ils oui si nous demandions à dormir ici ? Nous lui avons apporté du boudin pour remplacer naïvement le sang. Il se dresse avec peine mais il va un peu mieux, son regard est revenu, comme le soleil en lisière de nuage, ce n'est pas encore éclatant mais la vie déjà se réchauffe. Ainsi elle peut se rompre en deux souffles, un matin clair de printemps qui ne ressemblait qu'aux suivants. On le sait mais on l'oublie. Si personne n'avait été au chalet ce matin-là, il serait mort. Si nous nous étions levés une heure plus tard, il serait mort. Si Wicky n'avait pas vu, il serait mort. Il faut beaucoup pour vivre.

Ces urgences ont évidemment lieu les jours fériés ou les week-ends, ces heures à double tarif mais l'on s'en moque. Les questions d'argent n'ont rien à fiche ici, il y aura assez de futilités auxquelles renoncer. Il est touchant d'observer ces propriétaires d'animaux qui ne sont pas tous nés dans l'aisance, comme ils sont prêts à consacrer beaucoup d'un faible trésor à leurs chiens, à leurs chats, à leurs ânes, à leurs autres ridicules, se privant de beaucoup d'écrans plats, de week-ends à Majorque et de ce qui serait pour d'autres non négociable. Lors de la crise économique de 2008, nombre de fins analystes de la vie vraie avaient prédit que chienchiens et minous seraient, comme tout loisir, sacrifiés sur l'autel des choix. Il n'en fut rien, l'argent resta à sa place car de loisir, il y a pour l'essentiel celui d'aimer un autre que soi, cette chose à grand coût et qui n'est d'aucun prix.

Le docteur Wicky a sauvé la vie d'Ubac. Une autre fois, pour la fille d'Ubac, ce sera le docteur Forget, l'opération de sa carrière, nous dira-t-il, des heures à dénouer son intestin d'une serpillière coriace.

Les vétérinaires sont des êtres supérieurs. Je ne le dis pas, flagorneur, pour que le sort nous cajole, tout est trop tard. C'est une simple réalité.

Ils opèrent un ligament croisé à 8 heures, une tumeur intestinale à neuf, aident à une mise bas à dix, détectent un insondable parasite à onze, soignent un glaucome à douze et sauvent entre-temps un écrasé, les pattes à angle droit, hurlant et gouttant de sang. L'après-midi sera semblable en ce qu'elle ne ressemblera en rien au matin et demain encore. Ils sont spécialistes de tout, font chacun ce qu'une cohorte de dix médecins peinerait à honorer, au milieu de patients infoutus de dire où ils ont mal. Ils baladent leurs compétences scintillantes au travers d'un joli désordre qui miaule, aboie, pue, chante, crie et jamais ne remercie. Le soir, ils saluent leurs aides vétérinaires, montent dans leur voiture qui n'est pas grosse, qui n'est pas noire et qui n'a pas sa place réservée au professeur trucmuche et ils rentrent chez eux le plus à la campagne possible. Demain, leurs patients muets seront à nouveau là, alors il faudra remettre sur le métier cette curiosité humble et diverse, ce qui ressemble à l'intelligence même.

Il arrive que nous les vénérions en sauveurs d'Ubac ou d'un autre, il arrive que nous les détestions eux, leurs ominuex récits et leur faible taux d'erreur et c'est de la sorte schizophrénique qu'ils traversent notre vie. Souvent, on voudrait qu'ils nous disent autre chose que ce qu'ils nous apprennent, leur connaissance du chien se heurte à ce que l'on sait du nôtre. Si je ne suis expert en rien, je le suis de notre vie. Il m'arrive de tricher en ne leur disant pas tout, ainsi je pense orienter leur diagnostic et plus largement la vie mais ils détectent tôt la manœuvre et vous vous trouvez idiot d'avoir voulu les égarer. Mais ils m'agacent à nous certifier qu'un chien ne ressent pas ci et ne pense pas ça, qu'il ne voit pas le rouge, le rose et l'orange, qu'un husky est heureux à tirer la langue, son maître hurleur sur le dos. Qui leur a dit ? Ont-ils été ne serait-ce qu'une fois chien ? Durant des années se tisse cette étrange relation avec un vétérinaire dont on dit facilement qu'il est le nôtre, lien d'autant plus trouble que s'y joue le bal des interprétations. Le principal intéressé ne pipe toujours pas mot, laissant à l'homme qui l'aime le loisir d'épier les signes qui lui conviennent, un regard plus vif, une marche plus fluide, une soupe acceptée, un ciel étoilé, indices du cœur qu'il faudra tôt ou tard confronter aux rationalités d'une prise de sang ou d'un contraste échographique, et c'est au vétérinaire que revient ce rôle détestable de vous rallier aux meurtrissures de la réalité. D'autres fois, cette réalité s'aligne à notre prière et c'est très bien.

Ainsi, ces docteurs en vert occupent nos jours et au gré des ravissements et des stupeurs se dresse inévitable, latente, la question de l'extrémité. Jusqu'où faudra-t-il aller ? Un jour, c'est certain, le fleuve s'arrêtera, aucun d'eux n'est infini. Il aura assez remué la terre comme ça. Le capitaine Ubac et son équipage arriveront à la mer, souhaitons que la navigation soit calme, les embouchures sont parfois chaotiques. Le radeau découvrira devant lui cette immensité plus grande que nous tous réunis, aux surfaces lumineuses mais immensément sombre et il sera alors le temps que chacun s'interroge sur l'opportunité de poursuivre. Entre amour et indécence, les hommes pour eux déjà s'interrogent, mais pour le chien, c'est d'autant plus là, vite, imparable, que l'on fait dire ce que l'on veut aux volontés dernières de la bête et à sa propre définition de l'acceptable, le silence égare autant qu'il vient en aide. Un jour, je le sais, quoique nous ayons résisté, nous serons là, dans une pièce un peu à l'écart et plus sombre que les autres, Ubac, le docteur Forget ou un autre, Mathilde et moi à nous être posé cette diable de question et à avoir décidé, seuls, une seringue de pentobarbital à disposition, de ce qui vaut d'être vécu. Un jour ou l'autre, tous les radeaux coulent et leur bois pourrit. Nous chuchoterons. Vaut-il mieux cela qu'une mort foudroyante en pleine course derrière un lièvre ? Si je savais. Ubac doit avoir son idée.

Pour l'instant, la question ne se pose pas ! Nous la repoussons avec vigueur et conviction en la vie, nous refusons qu'elle surgisse si tôt. Ce chien a six ans, au mitan présumé de sa vie, il pèse quarante-deux kilos d'une chair tonique, ses dents ont peu de tartre, son aboiement emplit l'écho des vallées et il domine le monde. Nous sortons de la clinique. Aujourd'hui, j'ai accompagné Ubac pour tordre le cou au sort ; depuis quelques mois quand Mathilde s'en chargeait seule, elle revenait avec de bonnes nouvelles, les fois où je m'y collais, les annonces étaient plus fâcheuses. Il n'était pas question de remettre une vie dans les mains de la superstition ni d'accabler Mathilde de la charge des suites heureuses. « Ce n'est qu'une vilaine gastro, me dit Forget. Ubac a dû trouver un bout de viande un peu faisandé ! Ne vous inquiétez pas, ça va passer comme c'est venu. » Volontiers.

Et au moment de sortir de la clinique, ce qu'il ne fait jamais car on ne parle ici que du cœur des bêtes, le docteur Forget m'accompagne. Il m'assène quelque chose comme ça :

– Vous n'avez pas à être gêné. Ni de vos joies, ni de vos peurs, ni de vos tristesses. Attendre qu'elles soient comprises ou acceptées, c'est du temps foutu en l'air et c'est faire insulte à votre histoire avec Ubac. Moquez-vous-en !

Je lui dis un merci lent, c'est promis, des visions contraires, je m'en moquerai. Avec bonheur. Puis une phrase classique des fins de consultation où je ne vous dis pas à bientôt malgré le plaisir de vous revoir.

Et nous rions, convaincus que nous tenons là une juste méthode pour ne pas craindre les démesures et nous contenter des vies choisies.

XV

J'ai essayé avec *ramener, démener, malmener*. Ça n'a jamais agi. Quand bien même rehaussés du ton de l'escampette, les suffixes ne font pas illusion. Statisme absolu chez mon compagnon. En revanche, parce qu'il y a dedans un bout de promesse, « On va se *promener* ? » à demi chuchoté et la vie remue jusqu'aux tournis. Ce mot est le sien, celui de ses élans. Construites de vingt muscles chacun à son poste et paré au garde-à-vous, alors ses oreilles s'élèvent, une seule les jours de paresse, et ses yeux s'écarquillent d'incrédulité. Comme si cette offre était rare. Son train arrière se dresse en un ressort, l'avant s'étire dans un râle d'adhésion, puis il nous suit partout dans la maison, au plus près, nous entremêlant les jambes, slalomant d'ardeur et aboyant de peur qu'on oublie notre projet, il sait les promesses des hommes volatiles. Si ça ne suffit pas, il court chercher sa laisse que nous n'utilisons jamais mais quel autre objet pour rebattre nu son enthousiasme ? Alors nous nous mettons en mouvement, l'étymologie d'*émotion* n'est finalement rien que cela.

Un million je n'en sais rien mais des milliers de kilomètres parcourus ensemble, c'est certain. Et si, c'est acquis, la plupart s'effacera, je sais qu'au soir de solder les mémoires, les heures passées à errer, mon chien et moi, auprès de la nature seront des plus tenaces. Des pistes, des chemins, des sentiers, suivis ou tracés, des forêts denses, des prés nus, des bords de rivière, des champs de blé, des tours de lac, des collines émoussées, des cimes absolues, des glaciers, des parcs, des lotissements, des rien du tout, entre les vignes ou les marais, des bauges crasseuses, des sols secs, des herbes hautes, des feuilles mortes, de la rocaille, de la poussière, de la bouillasse, de la neige, de la pluie, la chaleur, le givre ou le foehn, le lever du soleil, son couchant et la nuit, quelques minutes ou plusieurs jours. Partout sauf les îles, et encore les montagnes en sont un peu. Ça en fait des pas communs.

Que nous courions, que nous flânions, Ubac est devant, toujours. Pour frayer la voie et prévenir les dangers, s'assurer qu'un quignon de pain délaissé lui revienne ou pour que l'on surveille ses arrières, seul lui sait à quoi bon tient cette place. Tous les dix mètres, il se retourne, soucieux de nous puis il reprend son échappée. Une fois le cap à peu près fixé, il zigzague, le chien est finalement comme nous, à imaginer que les trésors logent sur l'autre rive. Quand il agit ainsi, à lui que l'eau repousse, je dis qu'il a l'air fin à tirer des bords. Son niveau d'exploration est assez bas, sa truffe ratisse le sol, je crains qu'il se cogne aux arbres mais ça n'arrive jamais même le soir aux couleurs disparues, et quand il lève la tête, il me plaît de croire que les horizons l'enchantent. À chaque intersection, réelle ou symbolique, il nous attend ; parfois, pour l'agacer, nous partons Mathilde et moi dans une direction différente mais il sait que cela n'a aucun sens. Il aboie pour de faux et tout rentre dans l'ordre.

Si je m'amuse à le doubler, il se met à trotter et me jette de son étage un regard réprobateur, si j'insiste, il passe au galop suspendu, me sème, que cette blague cesse mais sans jamais me perdre de vue. Seuls certains jours d'hiver, il admet de se poster derrière, autant que ses maîtres s'épuisent à chaler la poudreuse.

En tout lieu où nous passons, la quête est la même : où nous promener ?

Parfois c'est évident, le vert est partout qui nous encercle, à la maison et dans la vie, c'est la plupart du temps. D'autres fois, il faut ruser, le flairer, le fouler, il n'y a que route, rue, parking et rond-point, un sol gris brun, bardé de lignes, brûlant et sans air, dit-on aussi *paysage* pour ces endroits ? Vivre en compagnie d'un animal, c'est prendre note que la terre se divise en deux zones :

où l'on peut caresser sa chair, où on l'a muselée d'asphalte. Dans les villes, pays des angles, il faut beaucoup chercher. Nous sommes devenus experts pour nous procurer cette parcelle de végétal, Ubac surtout. Il sent précisément là où la cité respire, et m'y emmène : d'improbables buttes herbeuses blotties entre deux parkings souterrains, des allées buissonnées, privilège de mairie, un parterre de roses trémières têtues qui bousculent le pavé de Ré et rappellent les herbes mauvaises, des vestiges de jardins ouvriers surgissant au coin d'une rue, fleuris d'un panneau de promoteur où les gens dessinés ont l'air heureux, à leurs balcons des salades. Il suit d'invisibles flèches lui indiquant ces alvéoles et le chemin vers l'organique, au cœur même des villes, l'inconnu lui semble étrangement familier. Mais le plus souvent, nous avons cette chance, à proximité de nos envies, il y a les étendues, le vert à s'en noyer et l'imagination comme seule limite. Alors nous allons *nous* promener, j'y tiens, aucun ne promène l'autre, il s'agit d'une chose équilibrée.

Au sein de nos journées, plus ou moins planifiée se tiendra cette parenthèse. Une promenade. Une balade (qui pourrait s'adjuger deux *l* tant elle œuvre à la poésie du monde). Une main perpendiculaire à la paume de l'autre, temps mort qui agrippe la vie et suspend toute autre tâche. Ubac et moi. Mathilde et Ubac. Ubac, Mathilde et moi. Un invité. Même si ce chien vit au beau milieu de la forêt, libre de se déplacer, il y aura ce mouvement partagé. Toujours. Sur l'ancien chemin des Manons derrière le chalet lorsque nous sommes bêtement pressés, au bois des Quatre Sous pour une heure ou deux, où l'on veut des pics de l'Alpe les jours de grande liberté. L'idée est invariable : savoir où l'on va mais volontiers se perdre, quelque chose comme une errance lucide et laisser notre ouvreur décider. Moins que le temps disponible, c'est le rythme imprimé à la promenade qui compte, Ubac et je crois tous les chiens ne comprennent pas que nous hâtions ce moment sinon à quoi bon le prendre. S'il ne dure que dix minutes parce que le sablier du jour ne vous en autorise pas davantage, il s'agit de donner l'impression qu'il pourrait durer une vie. Ubac s'en fiche qu'on aille jusqu'au bout là-bas de la piste du Pellaz, où la vue est si belle sur la Pierra Menta ; il s'en fiche tout court d'aller loin, il préfère longtemps, et si l'on ne peut pas, au moins qu'on s'y adonne paisiblement. Ce n'est qu'à la fin ultime qu'il change de vitesse. Lorsque nous rentrons de balade, j'ai à peine entrebâillé la porte qu'il s'y engouffre à s'en rétrécir la tête ; sauf les premiers de la classe, tous les chiens font ça, comme si un boucher chinois leur courait derrière.

C'est bien d'être ensemble qui importe. Les rares fois où il n'est pas avec nous, gardé par mes parents ou dans un autre exil de luxe, il nous vient moins, à Mathilde et moi, l'idée de nous promener. En bons sportifs dopés aux endorphines, nous allons nous agiter, mais nous promener, simplement, gratuitement, un pied puis l'autre, moins. Nous manque cet heureux prétexte de voir Ubac se livrer au-dehors et au va-et-vient. Un chien a vocation à protéger de l'immobilité, il est un antidote à la fossilisation. Méfions-nous, ça tue des vieux cette histoire ; un jour, leur chien meurt, sortir devient triste, inutile et pénible. Alors, privés de vitalité et de leur antigel, à leur tour ils s'arrêtent.

Avec Ubac, nous marchons sur la crête des Gittes. Ce n'est pas très large, on pense au vide mais il ne tombera jamais. Le panorama est subtil, grandiose, nous dominons les lacs de Roselend et de la Gittaz, le mont Blanc est là qui illumine et les marmottes sifflent en canon. Ubac, depuis qu'il a réussi à mettre sa patte sur l'une d'elles engourdie de cinq mois d'hibernation, présume pouvoir toutes les attraper. Elles ne craignent pas grand-chose, quand bien même une belle endormie se ferait elle aussi saisir, elle serait, comme la précédente, immédiatement libérée par un bouvier bernois qui ne sait toujours pas quoi faire de la violence.

Il n'y a pas que le décor, comme raison d'être bien. Il y a cette unité de lieu, de temps, d'aise et d'action qui fait tout. Quand Ubac s'emploie à rogner un bout de bois, il me semble heureux de le faire, par rebond je le suis mais j'envisage assez peu de l'imiter. Quand nous rions fort avec mes compagnons autour d'un verre ou plusieurs de mercurey, Ubac se réjouit de nos éclats, participe à sa façon mais il ne trinque pas. Si nos joies se réunissent, elles diffèrent quant à ce qui les inspire et dans le tempo de leur survenue. C'est souvent le cas avec les hommes aussi, nous sommes heureux pour l'autre, par l'autre, un peu avant ou juste après. Mais là, marchant, six ou huit pattes foulant un même sol, ces décalées s'accordent, nous sommes, me semble-t-il, à satisfactions équivalentes et simultanées, il est rare que le bonheur se joue ainsi à l'unisson.

Même si la pluie lui ferme les yeux, même si le vent lui secoue les oreilles, même si, par la porte entrouverte, son museau enquête au préalable sur les humeurs du ciel, Ubac s'en fiche assez de la météo. Un chien ne s'embarrasse pas des significations : s'il pleut, il pleut, voilà tout ! Sortir quoi qu'il en soit est une idée supérieure à toutes les autres. Moi, je regarde par la fenêtre, plutôt inquiet, je scrute, j'attends les éclaircies, je m'emplume de tel ou tel textile selon les possibles revirements du ciel et la crainte qu'ils me giflent. Lui attend que la porte s'ouvre et sort nu de doutes, de janvier à décembre. Il faut vraiment entretenir une relation à part avec le dehors pour l'envisager avec tant de permanence. Je le vois épais, je me sens chétif, je le vois étanche et me sens perméable. Il est d'une autre étoffe, je l'envie de sa simple vigueur, de sa douce dureté. Au début, je prenais un parapluie, c'était pathétique. Puis une veste imperméable dernier cri et tôt détrempée, les épaules rentrées d'une froide humidité, priant qu'Ubac se lasse et décide de revenir vite fait au poêle à bois. Aujourd'hui, de ne pas évoluer constamment dans les bleus d'une carte postale me déplaît moins, ce chien m'a appris à goûter le dehors comme il se présente, à lui trouver s'il est tourmenté un caractère, une esthétique supplémentaire car il n'est finalement, comme toute autre chose, que l'usage qu'on en fait. Aujourd'hui, si j'avais à n'en choisir qu'un seul, je pencherais pour le ciel incertain. C'est un peu la vie tout ça, radieuse ou plombée sans cesse, on pourrait s'en lasser. Tremblant de ses variations, l'on estime chacune d'elles.

Marcher avec un chien porte ses autres enseignements. Aristote ne moissonnait-il pas quelques pensées en déambulant à travers son école des promeneurs ?

Que la proximité et la répétition peuvent exalter. J'en suis presque gêné quand nous allons pour la cent unième fois brasser les feuilles mortes du chemin sous la maison, la « sortie des trois rivières » l'avons-nous baptisée, ce chemin qu'empruntaient les écoliers du siècle marcheur. Il en connaît le moindre virage, le fayard couché avant le ruisseau, la carcasse du Manufrance au pied du pont, l'oratoire envahi d'épines, vingt minutes aller, le double au retour – il en est ainsi de la montagne qui monte –, des odeurs semblables, quelquefois un chevreuil, celui à la patte foncée, seules changent les saisons, à peine les nuances. Je voudrais qu'il coure dans le cirque de Gavarnie, sur les prés salés du mont Saint-Michel ou *tra mare e monti* mais à quoi bon l'extraordinaire. Lui n'en a que faire. Vivre lui suffit. Un rien lui tient de lieu, d'instant, la constance ne lui rouille pas la vie car elle n'a pas lieu. Ubac porte ce don de faire de toute routine, assommante vue de mes yeux capricieux, une expérience aimable et qui rend disponible. Refaire me lasse et lui le convainc. C'est quelque chose que de bien peindre le quotidien flairant çà et là ses menues variations, c'est une élégante attention portée à l'habitude et qui semble rendre le bonheur plus attrapable. Une vie que la tyrannie de l'insolite pourrait juger comme rabaissée aux ambitions petites, Ubac m'apprend qu'elle est en définitive la plus subtile de toutes et que s'acharner à fuir la banalité en est au final la forme la plus aboutie ; alors va pour le tour et le retour des trois rivières, ce traité d'impermanence et le grand bal des vies communes !

Que l'instant mérite qu'on s'y attarde. On en a un peu ras le front des coachs en bien-être et en tout genre nous intimant de sucer la substantifique moelle de l'instant présent, de ne pas oublier de nous en vouloir si on ne l'a pas fait avant, de penser à nous y astreindre le coup d'après, et nous vantant une vie intemporelle où l'on ne parle en somme que du temps. Souvent ces gens chantant le rose ont le teint tout gris, leur seule réussite étant qu'à la fin nous adorons faire à peu près l'inverse de ce qu'ils estiment bénéfique. Ubac dont l'instant est le seul planning me l'inspire, c'est autre chose. Aller à Roche Plane, ce n'est ni s'impatienter du sentier final dans les myrtilliers où l'on voit si bien la vallée d'Albertville, ce n'est pas davantage regarder d'où l'on est parti ni lorgner le Mirantin où l'on irait bien demain. C'est être là, dans ce lacet du chemin, ces trois cailloux, ce nuage et cette croisée de secondes qui valent qu'on leur consacre un peu de notre vie déréglée. Goûtant à chacune de ses minutes, la vie comme s'allonge. Habituellement il faut que pointe l'odeur de la mort pour que l'on concède enfin à prendre soin de l'instant, là, conduite magique inspirée par un cabot haletant, l'ardent triomphe du présent supporte aisément la vie radieuse.

Que de cette vie, un des sels est l'incertitude. Quand Ubac me voit prendre les baskets grises, il le sait, la cote d'une sortie commune monte en flèche. S'il s'agit du sac vert, il se recouche. Et boude un peu. Les fois plus neutres, j'ignore ce qu'il attrape comme indices, un regard, une attitude, un invisible, mais à ma façon de me saisir des clefs du camion, d'apposer la main sur la clenche, il sait s'il en sera ou non. Là s'arrête sa prescience. S'il est du voyage, où allons-nous ? Au village ou à l'autre bout du pays, à Villard ou à Paimpol ? Pour une heure ou pour dix jours ? Peu lui importe, son adhésion est immédiate, son enthousiasme aussi, un chien ne s'encombre pas d'augurer. Où voit-on cela ailleurs ? Beaucoup d'hommes autour de moi veulent savoir, tout, jusqu'à l'occupation de leur liberté ; où ils seront dans treize jours, quelle vue sera la vue, ce que les autres ont noté du tiramisu et des literies et quelle chose fâcheuse pourrait surgir de l'échéancier. Qu'il ne leur arrive rien, voilà le projet. Ubac ne dévoue aucune seconde de sa vie à tenter de réduire l'incertitude, il n'en a pas les moyens et je suis persuadé qu'il n'en a pas l'envie. Il n'attend rien et cela semble bigrement efficace pour qu'il advienne beaucoup. C'est comme voyager de dos dans le train, on ne se résigne pas, rien n'est passif, les merveilles surgissent, l'on n'est jamais déçu. Et si mon statut d'être humain m'empêche, pour je ne sais quelles raisons boiteuses, de plonger corps et âme dans une existence dont on ignore tout le tracé et que l'on découvre au fur et à mesure de ses minutes, il me plaît d'adhérer à la définition de l'aventure que m'offre sans le savoir Ubac, celle de consentir aux richesses de l'imprévu et, le mieux possible, d'ignorer.

    Et il y a cette chose voisine de ne rien attendre. Celle de ne pas craindre. Où que l'on aille, quoi qu'il soit prévu de faire, cueillir des jonquilles ou sauter les crevasses, la réponse d'Ubac ne varie pas : oui. Il acquiesce, fonce et suit. Sa confiance en moi est spontanée, absolue et renouvelable. Alors bien sûr, comme disent les présidents les dimanches de conquête, l'expression de cette confiance m'honore et m'oblige. Surtout, je la juge admirable car elle n'est pas liée à un défaut d'esprit, de lucidité ou d'architecture corticale, ni ne relève de la naïveté ou d'une espèce d'abandon de soi à mon profit, que l'on dirait aveugle quand il s'agit en réalité du regard le plus affilé qui soit. Non, c'est bel et bien une chose supplémentaire, lucide, pesée puis accordée, une épaisseur que je n'ai jamais ne serait-ce qu'aperçue chez l'homme et dont je suis, bien qu'aux premières loges de son éclat, moi-même dépourvu. Une couche de hardiesse, voilà ce que ce chien a de plus à son péricarde, une anomalie du cœur et qui luit jusqu'à moi. Car lorsque l'on croit en un être qui croit à ce point en vous, lorsqu'une vie si estimable semble vous estimer, alors on glane, ébahi, de précieux motifs pour s'envisager comme quelqu'un d'à peu près valable. Le jour où ce cœur culotté décidera qu'il est temps de flancher, j'ignore dans quel autre être d'os et de chair je pourrai retrouver le centième de cet éloge et le millième de cet élan, ce dont je suis certain, c'est qu'il faudra un second miracle.

Au cours des promenades, si nous sommes seuls, je parle à Ubac. Beaucoup.

Des fêlures du cœur et de leurs pansements, de la taille acceptable des compromis, de l'envie totale de liberté, du vertige à l'exercer, des abrutis et des gens formidables, de la certitude bancale d'être à ma place, de comment il va lui. Rien ne reste trop dedans. Ubac connaît tout de ma vie, l'entière demeure, et j'ignore par quel fluide il sait mieux que moi comment je vais. Parler à quelqu'un qui ne vous répond pas ou si peu que l'on poursuit jusqu'à dénuder son âme, ces vulgaires successions de pas enjambant les racines et les trèfles feraient donc l'effet d'une cure. S'il s'agit de discuter de soi sans manœuvre et sans gonfler du nombril alors va pour cet essorage. Il est vrai qu'en ces lieux d'errements, le dehors calme autour, tout invite à ne pas nous présenter plus beaux que nous le sommes, rien ne freine, on s'épanche, quel bien ça fait de dire qui l'on est. Puis quelque chose comme *gruik* sort de sa gorge ou soupire-t-il puissamment, comme semblant signifier : « On va s'arrêter là pour cette fois. »

Je m'étonne toujours, avec une sorte de joie mêlée d'inquiétude, que ces moments d'allure libre, de silence et de nature ne soient pas encore payants, un jour le monde à bitcoin saura que se tiennent ici les plus hautes valeurs. Nous marchons ainsi le long des cours d'eau, sous la pluie s'il le faut, ensemble gaiement, nous extrayant des jours ouvrés dont les ergotages glissent sur nos cuirs, à deux on est plus étanches. Il n'y a pas mise à nue plus délectable qu'être couvert de cette compagnie dont je n'ai toujours pas décodé la magie : l'autre est là qui nous aide à goûter plus encore à ce moment de solitude dont je découvre sur le tard qu'elle est partageable. Il n'y a rien à faire que marcher, se préoccuper au plus loin du pas suivant, la vie se tient là, juste à côté mais on fait le tri des encombrants : les curieux voisins, la note administrative et le coût des pneus neige. Je souhaite à chacun de rencontrer ces géographies de la diversion, on remet la main sur le temps fuyant, les idées s'ajustent sans rien dire, quelques réponses à ces fichues questions que la vie charrie nous viennent et, drôle de sorcellerie, la rémanence de cette affaire nous invite à notre retour à la traverser plus légèrement encore. Serait-ce tout ça si je marchais seul devant moi sans cet émondeur de chien ? Pour le savoir, il me faut y retourner.

Après quelques hectomètres, par déférence pour Ubac qui est en droit de réclamer lui aussi l'entretien de son intérieur, je me tais. Ouf. Alors une deuxième saveur s'avance, celle d'une coexistence silencieuse. Qui mieux que le silence lie les âmes ? Nous les hommes n'aimons pas trop ce silence, nous négligeons ses services, ne savons pas comment le manier, il a trop le goût de la fin, pour le couvrir nous bavardons, ce peut être plaisant mais comme tout exercice de sauvegarde, à la longue, c'est usant. Or il n'y a pas présence plus chérissable. De vous taire, le chien ne vous en veut pas, il ne croira ni à l'ennui ni au malaise ni à la dégradation de vos rapports, c'est un délice assez unique que cette acceptation de ne rien dire ensemble. Le jour où un chercheur foldingo trouvera l'astuce pour donner la parole aux chiens, Ubac et moi ne serons plus de ce monde et cela vaudra mieux car les pensées muettes n'auront plus leur place. Ici, silencieux, dans le murmure de Marcôt ou les vacarmes de la Tête d'Or, une sorte de douce bulle, épaisse et fine, nous palissade et porte à la rêverie. Ainsi, semi-conscients, l'esprit à peu, nous accédons à une sorte de méditation mobile sans encens ni facture. Puis Ubac aboie derrière un merle noir et la bulle crève de toutes parts.

Avant de faire demi-tour ou de boucler la boucle, nous faisons une pause. Elle peut durer car ne rien faire n'embarrasse pas davantage le chien. Nous nous asseyons, nos têtes s'alignent, et même si je crois fermement qu'il se fiche du point de vue, nous contemplons ensemble l'horizon, ce qui en montagne ne va pas de soi. Je lui donne à boire de la bouche à la gueule, il m'éclabousse de précipitation, me lape la joue, ce que j'aime beaucoup en disant beurk. Le levant ou le couchant vont bien à ce moment, Roche Parstire est parfaite pour cela, il s'agit d'aligner au loin le soleil à une crête ciselée, lui que l'on croit figé galope du halo, apparaissant ou disparaissant à toute vitesse, nous rappelant qu'ainsi va la vie. Je lui dis « Tu as vu comme c'est beau » et, me souvenant comme enfant je détestais qu'un grand m'enfermât dans son arbitrage des esthétiques, fussent-elles des horizons, je me tais à nouveau. Pourtant, me semble-t-il, évoquer les pouvoirs de la beauté n'est jamais tout à fait hors de propos.

Avant de me taire une bonne fois pour toutes, je me tourne vers Ubac et je lui dis qu'il est ma nivelle, j'aime bien lui dire ça, ma nivelle ; les parades et les illusions donnant cette gîte que seul on tarde à percevoir et que l'on peine à rétablir, dans son regard, je sais si je suis à l'équilibre ou si je penche, avoir à disposition cet incorruptible reflet est une mire tout à fait précieuse.

C'est un instant puissant, d'une spiritualité mondaine et qui sertit la seule définition lisible de la laïcité, quand les choses de l'esprit et du sacré n'appartiennent pas au religieux. Ubac patiente poliment puis, son air d'avoir tout compris, retourne à l'étude des fûts d'épicéa et au marquage méthodique de son vaste territoire ; je lui demande pourquoi il n'urine pas la totalité d'un jet, sa journée serait plus légère qu'avec ses vidanges ridicules, mais il semble préférer les arrêts fréquents (ce ne sera que plus tard, me rendant comme tout vieil enfant chez l'urologue pour connaître le score brillant de ma PSA et devant répondre sans préavis à sa demande « Racontez-moi vos mictions », que je prendrai la décision de ne plus embêter Ubac sur ce point, sans doute aussi un peu jaloux de la vigueur de ses sphincters).

Certaines fois, il reste collé à moi, sa grosse tête calée sur mon épaule, entre garçons c'est rare, notre façon à nous de vomir les homophobes. Il arrive que sa tendresse soit plus intéressée. Il a senti dans une de mes poches un reliquat de sandwich. Alors se joue pour la millième fois cette danse des yeux, nous deux assis et de taille voisine : je me saisis du trésor, je l'entame, les yeux devant, je me sais épié, j'arrête de mâcher, je le regarde du coin de l'œil, il tourne la tête comme si de rien n'était faisant mine de s'intéresser aux subtilités du ciel, et dès que je porte le pain à ma bouche, il me scrute de nouveau en biais. On répète cela plusieurs tours, c'est moi Laurel. Je lui propose un cornichon, il le recrache, un bout de pain, il l'accepte, de beaufort, il jubile, il sait manier ses yeux ronds le bougre. À chaque fois, il gagne ma bonté et la moitié du festin mais jouer à ne pas en être sûrs rajoute quelque chose.

XVI

Un soir de juin, Ubac n'a pas voulu dormir dans la maison. Ça ne lui arrive jamais. Habituellement, il se love dans le hall d'entrée, merveille de vigie. Ce soir-là, il n'en était pas question. Il s'est étendu au bout de la terrasse, loin des murs, loin du châtaignier, loin de l'homme. Je l'ai appelé, il m'a ignoré, je pensai qu'il avait trop chaud à l'intérieur. Cette nuit-là, la terre a tremblé nous réveillant Mathilde et moi, je jetai un œil dehors, Ubac dormait paisiblement. « 2,6 sur l'échelle de Richter », titrait au matin *Le Dauphiné libéré*, c'est un petit score mais de dedans, c'est assez. À étudier de près nos talents de maçons, ce chien avait sans doute émis quelques doutes quant à la tenue du bâti. Trois ans plus tard, après des centaines de nuits à nouveau dans l'entrée, Ubac rejoua la scène, n'envisageant sa nuit qu'en compagnie des étoiles. En plaisantant, Mathilde dit : « Compagnons, tenons-nous prêts, la terre va trembler cette nuit ! » Le lendemain, *Le Dauphiné* affichait un 3 plus flatteur et quelques granges centenaires avaient abdiqué. Il savait. Ce chien à la vie douillette serait donc de la trempe des éléphants de Yala flairant fuyant le tsunami. Qui lui a dit ?

Si j'aime l'idée d'une nature supérieure, de ses prodiges échappant à l'autorité des équations et de l'homme qu'abîme le progrès, je me méfie de son récit systématique et paresseux. Quand la rate d'Ubac a éclaté, j'ai adoré que l'ingénieur des villes ait inventé le téléphone portable, l'échographie et que l'abominable chimie stoppe ses saignements, que m'aurait apporté de parler aux arbres ? Il n'empêche, au milieu de ces arbres, Ubac saisit ce qui m'est insaisissable. À le voir affalé sous la télévision, je pourrais perdre de vue qu'il est un animal et qu'à ce titre, sans apprendre ni oublier, il est relié à la nature, il en fait partie, il est elle. Comme les ours ou les hermines, jamais il ne mangera d'amanites. Nous, les hyperconnectés, dans la grande histoire des séparations, avons perdu la plus flatteuse des connexions, chaque balade me le confirme, bientôt les seuls chants d'oiseaux qui soulèveront notre oreille seront les arrivées de message sur nos écrans.

Ce chien me réapprend à lire le vivant autour, à écouter les musiques de la nature, ses amplitudes, ses respirations, à mesurer ses états, à déchiffrer ses codes. L'ai-je su un jour ? Si la vie m'a démontré que, pour connaître un paysage, rien n'est plus fidèle que l'éprouver par le corps, à la longue, humble et en toute saison, Ubac me dit autre chose encore, qu'il faut en être, faire corps et ne pas craindre qu'il nous traverse.

Sans que rien ne l'annonce, soudainement il s'arrête. J'ignore comment il s'y prend. Il pressent, il sent, il joue d'un appeau amical et silencieux rameutant les invisibles, je n'en sais rien mais dans les secondes suivant cet arrêt, un vautour fend l'air, un essaim s'échappe ou le vent se lève, le milieu s'anime. Et moi, dernier aux nouvelles, je m'ébahis. Un matin de courte balade, Ubac me dévia du chemin habituel et insista pour un autre, il m'amena sous les frondaisons d'un chêne au milieu d'herbes hautes qui ne ressemblaient qu'à un autre chêne et à d'autres herbes, il s'arrêta net à deux mètres d'une dépression, me fit du regard une sorte de signe. S'y tenait un faon né de la veille, tremblotant et pour sûr, de mes yeux d'homme, en danger. J'appelai Georges, mon copain de l'ONF, qui vint le voir et me dit de le laisser tranquille, tout va bien, surtout ne pas le toucher et sa mère, occupée à tromper les prédateurs, viendra le chercher ce soir. C'est ce qui s'est passé. Sans Ubac et ses sens au-delà de six, cette sortie aurait ressemblé à celles des veilles et des lendemains, je n'aurais rien su du langage des lieux et serais rentré bredouille.

Que lui sache et perçoive, au début, je pensais au hasard, ses découvertes étaient des coups de pot. Mais c'était trop souvent. Alors, moi qui ne vois rien venir, qui ne suis pas équipé pour ces lieux, comme un cerf en centre-ville, je me suis mis à attendre, à profiter de ses antennes ; si son attitude change, s'il suspend ce à quoi il se consacrait, je me tapis, j'examine et j'attrape, au loin un surgissement, une étagne détalant ou une autre de ces féeries qui jusqu'alors m'échappaient. Souvent, il s'agit d'un animal aux aguets et si plein de force, cette anomalie magnifique ; qui ici devrait craindre ? Aujourd'hui, il m'arrive de percevoir avec lui, dans la même seconde et dans la juste direction, récompense suprême me donnant l'envie de redevenir habile en ces lieux, ce que mes ancêtres savaient et dont nous nous sommes, distraction après distraction, débarrassés.

Avant Ubac, je m'estimais seul dans les forêts et les montagnes, à mon retour, n'ayant pas vu d'homme, à qui voulait l'entendre je claironnais cette solitude. Seul au monde ! En réalité, m'a-t-il appris, des milliers d'êtres m'ont aperçu, examiné, laissé passer, et il s'est joué autour de moi bien des scènes entre résidents, à plume, à poil, à chlorophylle : des diplomaties, des luttes, des séductions, des retrouvailles, des assemblées, des cours d'école, des cérémonies, des tours de garde, des peurs et des joies, des naissances et des massacres, des fins et des débuts. J'étais indifférent à ces silences habités, Ubac m'a délivré quelques clefs pour les saisir un peu, promu d'un être inconscient à celui qui regarde puis voit. Il m'aide à lire ces histoires, il parle cette langue et m'indique comment m'y prendre pour que s'avive ce que je réduisais à un décor. Il suffit de s'immobiliser, de s'effacer, de réveiller ses sens et d'accepter la porosité ; c'est si simple d'être disponible que nous ne savons plus faire.

Dans les mélèzes du val Vény (j'y pense, il ne dit pas un mot d'italien) ou les pierriers des Bauges, Ubac va au contact du monde. Il écoute, épie, fraye, rampe, s'égratigne, gratte, renifle. Il se frotte entier à la substance, aux grouillements, aux méandres, il les pénètre. Nous les hommes, au fur et à mesure de nos choix, avons célébré le regard bien au-delà des autres sens et nous avons reculé d'un pas. Notre museum s'est affiné en un petit nez que l'on aimerait cacher, nous touchons avec crainte les poussières salubres, lavons vite nos mains craintives, nous pasteurisons nos goûts, nous nous saoulons de vacarme, ne captons plus les bruissements mais nous surlignons nos cils et jouons partout la métaphore des yeux. Ce choix s'il embellit nos minois nous tient en retrait du monde car la vue, c'est sa faiblesse, tolère la distance et l'entretient.

Ubac m'indique comme s'engouffrer est plus subtil. Son museum terreux, ses oreilles crasses, les clonies de ses flancs lui racontent les mystères, la peur, la mort, les ronds de sorcière. Moi, je ne sens que la rose ou la bouse, n'entends que le silence ou les fracas, ne vois que le visible. Comme j'aimerais sa grammaire des nuances, j'espère que l'amour humain que je lui porte et toutes mes assistances ne lui retirent aucun de ses savoirs.

Ces balades m'horizontalisent et me rappellent à mon exacte place : un vivant parmi les autres. C'est assez d'honneurs. Elles me ramènent à hauteur de terre, de ciel, à la timidité des arbres, elles ensauvagent ma vie, salissent mes cheveux, griffent ma peau et trouent mes frocs. « On n'est pas des sauvages », disent les coquets instruits. S'ils savaient.

Au 29, rue Pionchon à Lyon, quatrième étage, habite la maman de Mathilde, Doune. Ubac aime venir ici, on peut y faire à peu près n'importe quoi, balafrer le parquet, s'ennuager de farine et se gorger de bretzels. Lorsqu'il nous signifie son envie d'un peu d'air, nous prenons l'ascenseur, nous appuyons sur le 0 de gauche, je replie sa queue prête à se prendre dans la porte, il glisse sur le faux marbre de l'entrée et nous nous rendons au petit parc de la Ferrandière sous l'immeuble. Il y a là des klaxons, quelques platanes aux houppiers serrés, des buissons à mouchoirs, un peu d'herbe et un rectangle de copeaux où les chiens sont censés se soulager et où ils ne vont jamais. Cette nature claquemurée pourrait sembler petite, faite avec les restes et indigne d'intérêt. Artificielle, allons-y. Il serait même de bon ton de s'en moquer. Résistant à la voracité du béton, à l'indifférence et au vacarme des hommes, elle est en fait aussi farouche que les impénétrables maquis ou les forêts primaires, quelle idiotie *pleine nature*, quelle idiotie les classements. Au parc, nous laissons Ubac aller la truffe au ras et contrôler le million d'odeurs abandonnées. Il fut un temps où j'en aurais profité pour passer quelques coups de fil, ou me serais-je saisi d'un magazine chez Doune, que j'aurais feuilleté sur un banc en jetant çà et là un regard de surgé à ses vadrouilles. J'aurais été là à moitié. Or il suffit de se taire, de s'envahir de silence, de régler son regard au minuscule et d'attendre. On peut aussi marcher, d'un doux pas qui ouvre aux secrets des lieux. Surgissent alors la stratégie de l'araignée, les moucherons piégés, le bal des abeilles s'entichant des villes, la souris sprinteuse, les fourmis en formation, les chenilles en procession, les pinsons dragueurs, le hérisson gentrifié, les feuilles en tourbillon et d'autres profondeurs inaccessibles aux pas pressés, aux âmes blasées. La vie, pour qui veut la voir, est partout et qui se dit seul est aveugle. Cet art d'être attentif, Ubac me l'enseigne, il épelle l'environnement partout où il passe ; dans les lieux les plus grandioses dont on fait des posters comme au petit square traversé négligemment. Il n'y a pas dans son système une nature exceptionnelle et une nature au rabais, il y a la nature, diverse, multiple, qui mérite entière que l'on s'y attarde et que l'on dialogue avec elle. Sauf le regard de l'homme, rien ne s'octroie le droit d'en classer les charmes. C'est une grande découverte pour moi, élevé aux cent merveilles à voir absolument, la beauté est donc à braconner partout.

Bravant les tempêtes et les vertiges, foulant les terres insoumises, j'en raconte beaucoup sur la nature, je me dis d'elle. Ubac m'a rectifié. Revendiquer une relation d'intimité avec elle ne se troque pas contre des mètres de vide ni des milles des côtes, autour des Jorasses et du cap Horn, il y a le monde et les petites choses. Et c'est heureux ainsi. Les seuls prolégomènes à bachoter pour s'ouvrir à ces lieux et oser s'en dire sensible sont l'attention qu'on leur porte, des vénérés edelweiss aux modestes marguerites, du pampéro de Patagonie au bisolet de la Ferrandière. Pourtant j'aurais dû savoir, mon papy Lulu qui n'était jamais sorti de la moitié d'are de son jardin ouvrier contait la nature aussi finement que von Humboldt et sa bougeotte. Alors j'écoute et je consulte autour de moi, comme enfant je discutais avec les vagues, Ubac, oui c'est cela, a augmenté mon parlement. Ce n'est pas une sainteté mais une disponibilité, certains crieront à l'illumination, quitte à choisir une hérésie, je préfère celle-ci à l'illusion de l'omniscience et à l'indifférence dévastatrice.

Sans me faire la leçon, Ubac me chuchote que l'expérience de la nature débute par son juste récit, que je parle d'elle en de mauvais termes. Soit j'en fais un objet lointain, fantasmé, craint, et on sait ce que l'homme est tenté de répondre quand il a peur : il piétine. Soit je ne la réfère qu'à mon nombril amoureux : un décor à selfie, un terrain de jeux, un soin du cœur, bref une ressource à mon service et devenue comme mienne. Il serait temps de la remettre à sa place.

C'est aussi pour ces enseignements que je chéris ces balades, la nature autour, discrète ou submersive. Ubac me promène d'archipel en archipel, me prend en main, m'enseigne l'absorption et me suggère cette urbanité précieuse : être poli avec la Dame. Elle est donc là sa racine allemande qui m'échappait chez lui le Latin ; en Friedrich romantique, il m'apprend les grandes liaisons aux éléments. Si marcher en laisse et à mes pieds dans les rues bondées de Lyon, qui sait, le rassure, m'allonger auprès de lui dans la rocaille de Parozan m'initie et me rend capable. Nos compagnonnages s'équilibrent et ce balancement va bien à l'idée que je me fais de notre relation. La vie est donc assez simple, il nous suffit d'être ensemble, dehors et attentifs. Il n'y a pas boussole plus désirable.

Ubac s'est endormi entre nos deux duvets.
Dans la nuit aux étoiles, il a grogné puissamment. Nous lui avons dit tout va bien et nous nous sommes rendormis.
Le lendemain matin, à cent cinquante mètres de notre bivouac, la gardienne de Presset nous

montre des traces ovales, une voie rectiligne. C'était le fameux loup.

Si d'avoir ce chien à nos côtés nous offre de renaître aux contes, encore et toujours, alors marchons dans les forêts magiques jusqu'à n'en plus revenir. Un jour, c'est certain, Ubac nous présentera aux elfes.

XVII

Il y a ces choses qui ressemblent au jokari. On leur assène de grands coups fougueux pour qu'elles s'éloignent et jamais ne reviennent mais, au fond on le sait, plus l'on met du cœur à l'ouvrage moins il se peut que l'on s'en débarrasse.

La projection de l'homme vers son chien n'y échappe pas. Nous faisons, Mathilde et moi, notre possible pour traiter Ubac comme un chien, c'est le moindre des égards mais l'anthropomorphisme, prétention collante, revient au centuple. À vivre auprès de lui s'installe cette lente certitude que nos âmes s'alignent jusqu'à se ressembler et l'idée qu'elles se rejoignent n'est pas si répugnante ; ce pas vers l'autre, n'est-ce pas cela une relation ? En dehors des cours d'école, personne ne se vit en aigle, fendant l'air bras écartés, ni ne s'envisage en loup ; la poésie si elle dure est vue folie. J'avoue céder volontiers à l'appel des mimétismes, j'imagine son intérieur, je l'accole au mien, je raisonne en chien et le fais penser en homme. Cette façon de faire est contagieuse, Mathilde en est.

Et pourquoi pas ?! Qui un jour, depuis sa chaire vermoulue, a décrété que l'animal était à ce point distant de l'homme, démuni de ci, de ça, d'émoi, d'exaltation ou d'un autre de nos sensibles monopoles et que tout rapprochement était sot ? L'homme, pardi. Ériger la toise, se dire le plus grand, voilà un jeu aux règles bien pipées.

Le docteur Bibal et confrères proclament entre autres que le chien n'a aucune notion du temps et qu'il est donc épargné, puisqu'ils sont des sentiments, de ses satellites : la solitude, l'ennui et l'insécurité. Une heure égale une minute. Qu'ils viennent un matin de départ où nous laissons Ubac au chalet, qu'ils l'observent, abattu, son entrain enfoui au centre de la terre. Sans doute en joue-t-il mais aucun être ne peut mimer le désarroi si fidèlement sans en avoir exploré la structure. Qu'ils viennent un soir de retrouvailles le voir bondir au sol, virevolter sur lui-même comme s'il renaissait puis s'endormir telle une souche du réconfort d'être ensemble.

Et si, comme ils le prétendent, le temps lui était étranger, Ubac a pour le moins quelques notions d'espace. Du Châtelet, il a fait une cartographie précise. S'il ne nous voit pas dans la maison, il montera vers la grange par le balcon du haut, celui qu'illumine le levant, il courra à en faire trembler les vieux tonneaux de cidre, il jettera un œil dans la grange par les planches à claire-voie puis ne voyant personne, il redescendra, passera par le bachal et le balcon du bas, là où le vent s'engouffre en mimant l'océan, et terminera sa course au mazot pour voir si nous sommes là à bricoler un bout de bois ou à ramasser quelques noix. Il ne verra rien alors il reviendra sur ses pas, regardera de nouveau par la porte vitrée, on ne sait jamais, et filera à la cave toujours ouverte et fraîche en août. Convaincu de nous avoir manqués, il recommencera son tour deux ou trois fois puis, résigné, se postera sous la faîtière gravée et regardera au loin. Il ne verra personne et se saura seul, il agitera son museau, que l'odorat prenne son quart d'enquête, puis reviendra à l'entrée, se couchera sous la cortena et poussera un soupir d'accablement audible du fond de la vallée. À chaque bruit de moteur, il courra vers l'angle du chalet côté Mirantin et en reviendra désolé. Qu'on ne me dise pas qu'ainsi il est heureux ni même neutre. Qui s'est déjà rendu au cœur d'un chien ?

Dans vingt ans, il y aura des caméras tout autour des logements, au-dehors et au-dedans. Au moindre mouvement de leur bête, un bip sur téléphone alertera les maîtres inquiets. Ils consulteront leur écran, ce qu'ils aiment beaucoup faire, et ils sauront. Comme elle le fait à chaque fois, l'image tuera l'imaginaire. En attendant, on imagine, c'est charmant mais pas toujours. Quand nous partons à 3 heures du matin du chalet pour aller skier à la Lex Blanche, nous laissons Ubac dehors finir sa nuit et entreprendre le jour. Pour le moment du départ, certains disent qu'il faut installer une routine, un mot, un geste, d'autres prétendent qu'on ne fait là qu'amplifier le stress de la séparation, mais alors quel savant sait ? « On revient, tu gardes la maison », voilà notre seule habitude mais il sait bien avant cette fadaise, d'ailleurs il s'est déjà replié au coin de la maison. Il a réussi, c'est un moment où l'on se classe parmi les dix êtres les plus cruels de la planète.

Au fil de la journée, si cela nous chante, nous pouvons imaginer que des chevreuils viennent lui rendre une heureuse visite ou qu'il invite la braque du voisin pour conter fleurette. Mais c'est à sa solitude que nous pensons trop, une journée ça peut être lent. Ubac n'a ni livre ni komboloï à faire tourner, des projets encore moins, des rêves espérons. Pour sûr il erre, il attend, il s'ennuie, veille, craint et se morfond. Nous convaincre de la vacuité de son monde intérieur serait commode mais nous savons qu'il est fait de mille pièces et en chacune d'elles la solitude résonne. Et si nous mourons dans une avalanche, qui ce soir lui servira sa gamelle ? C'est vers 19 heures, deux gobelets à ras et une autre gamelle pleine d'eau claire.

Quand nous rentrons, il est à ce fameux angle du chalet, il se précipite vers nous, faufile son museau dans la première portière à s'entrouvrir, gémissant d'avoir eu peur ; plus nous sommes partis longtemps, plus il chante fort et faux, le manque comme le bonheur est chose mesurable. Il dérape d'un côté de la voiture à l'autre, nous laisse à peine sortir, nous bondit, nous griffe, nous enserre et ricoche de joie, un chien ne vous en veut jamais. Jamais il ne sert une mauvaise humeur dont nous aurions à déchiffrer les raisons, ce jeu malsain qu'adorent les hommes dès que l'on s'occupe moins d'eux. De notre côté, nous tentons de banaliser ces retrouvailles, pensant par cette ficelle adoucir les prochaines séparations. Sans grand succès, tout cela finit au sol à se rouler les uns contre l'autre et à se dire qu'on s'aime, le seul rituel applicable en ces lieux. Puis à dormir, ivres de quiétude.

L'idée n'étant pas de ne plus partir – aucun amour ne réclame que l'on s'englue pour lui –, alors que faire ? Face à ces haut-le-cœur, l'arithmétique peut venir en aide : à deux, dit-elle, on est moins seul qu'à un.

Pourquoi pas d'autres chiens ? Qui mieux qu'une même espèce et des langages identiques pour combattre les solitudes ? Les martinets, les lièvres et les vies passantes ne suffisent pas. Un autre chien, oui, la voilà la plus simple des solutions et dont on devine déjà comme à l'usage elle le sera moins. S'il fallait nous en convaincre et protéger cette décision des traits du caprice, Mathilde et moi sommes experts pour faire pencher les balances par un semblant de hauteur de vue. Il y a la solitude fantasmée d'Ubac, celle qui ferait rire les autres hommes, et notre culpabilité à l'entretenir. Il y a ces dizaines de hordes vues de Sighetu aux Météores, sublimes chiens sauvages dont l'intranquillité semblait battue par le nombre. Il y a aussi le souffle de l'animisme par lequel il nous arrive d'être bercés ; si Ubac venait à mourir, contredisant son immortalité, son âme se logerait au plus près, dans le corps d'un autre chien ayant partagé sa couche et qui la retiendrait auprès de nous. Une histoire de traces qui prolonge et console. Pourquoi pas.

La première vie, nous sommes allés la chercher à Gleizé dans une sorte de fidélité à la diagonale du vide. Une minuscule labrador sable aux faux airs d'Ïko dont l'annonce avait paru dans le 69, vendue par des gens du voyage, noble promesse, non loin des vignes du Beaujolais, autre promesse, élevée dans moins de soie qu'Ubac mais dans suffisamment d'amour pour qu'elle ne veuille pas quitter les siens dont sa mère. On s'habitue mal aux arrachements. Sa date de naissance était assez floue, le tampon du vétérinaire plus encore et nous payâmes en espèces comme dans tout commerce pas tout à fait net. Trois cents euros, un tiers d'Ubac.

Au retour de ce rapt auquel il n'était pas associé, Ubac comme à son habitude se rue côté conducteur, à cette place peu de risques qu'il n'y ait personne, les deux pattes posées sur le rebord de la vitre. Le salut à peine entamé, œil et museau repèrent cette petite chose claire sur l'autre siège, Mathilde est immédiatement négligée. D'un ressort, il passe de l'autre côté, court autour et recourt, manque de se faire écraser, raye dix fois chaque portière, ses antérieurs ne touchent plus terre, on dirait les chèvres corses préférant aux herbes hautes les arbres bas. Il comprend d'emblée ce qu'il se joue, une histoire longue, la passagère n'en a que le nom. Cette petite chose blanche se réveillant à peine découvre qu'elle ne sera pas seule dans le monde des hommes. Nous n'aurons le temps que de baisser la vitre pour qu'ils se respirent une première fois. C'est toujours un équilibre fragile une première fois, il faut la vivre bien sûr, pleinement, et dans un temps voisin, idéalement le même, tenter de s'en détacher, se placer à côté d'elle muni d'une grande attention ou d'un de ces autres procédés qui la planquera bien au fond de la mémoire. Être plusieurs en soi pourrait nous aider.

Nous l'appelons Cordée pour dire la montagne et de veiller l'un sur l'autre. Ce que nous trouvons lourdaud chez les autres, nommer ses chiens Ringo, Paul, John et compagnie, nous y cédons volontiers, considérant quelque part mal placé que gravir les sommets sera toujours passion moins futile. Cordée pèse une plume, un pelage tout clair sauf aux oreilles, un petit corps gracile, des griffes en cristal, une tête oblongue et ses cils sont ceux d'une actrice américaine. Elle est aussi soignée que son enclos ne l'était pas. Lorsqu'elle est heureuse – c'est presque toujours –, elle remue très fort en virgule, on pourrait craindre qu'elle se rompe et sa queue dense joue du tambourin. Cette queue l'amuse, elle s'en saisit de la gueule et ensemble elles tournent jusqu'aux voltiges et aux dégringolades. Ubac ne lui a pas senti l'arrière, il l'a suivie partout puis, saoulé d'allers-retours, s'est assis sur un promontoire d'où il ne peut rien rater de ce spectacle à grande vitesse. Cordée, elle, va, vient sans repos puis freine brusquement, se tapit, se redresse en quête de lui, on dirait un suricate. Lorsqu'elle revient le coller, il fait semblant de ne pas vouloir. Entre eux, il s'agit déjà d'un spectacle, un chien c'est une photo, deux chiens c'est un film. Notre idée de remplissage des heures vides tient ses promesses. Le soir même, avec Mathilde, nous allons trinquer à cette venue, accompagnés de notre gros chien et de sa petite acolyte à qui nous souhaitons présenter le monde. Nous prenons le premier bar qui vient, il ressemble à tous les bars, un comptoir, des tables, une musique oubliée, des ivresses en avance sur d'autres. Nous optons pour l'extérieur comme une vie à chiens le suggère. À peine installés, un intrépide cabot venu de nulle part envisage de faire connaissance avec Cordée, il s'en rapproche jusqu'aux fesses innocentes, Ubac, posté comme tous les gardes du corps, en retrait mais juste là, jaillit de son faux sommeil, se dresse et le catapulte sans sommation, les autres bêtes savent désormais ce qu'il en coûtera à qui osera approcher la perle ivoire. Quelques jours plus tard, Cordée dort paisiblement sur la terrasse du chalet. Ubac s'agite, chose rare. Depuis quelques minutes, lui seul a saisi les manœuvres du milan qui tournoie autour de la maison. De là où il plane, Cordée la maigrelette ressemble à du gibier trop blanc et trop serein. Ubac grogne puis aboie, de ces aboiements clairs. Nous sortons. À l'instant de son piqué, l'escoufle trouve face à lui un vigile tricolore et deux humains naïfs. Il s'en est fallu de rien pour que cette petite chienne ne s'envole à jamais. Qu'il doit être doux d'entrer dans l'existence sous le protectorat d'Ubac.

Ubac apprend à Cordée quelques rudiments du quotidien, ce que Tchoumi fit pour lui, la vie n'est qu'un chapelet de legs. Elle en retient certains comme l'heure précise du repas moins un quart d'heure et l'usage efficient des yeux doux. De son côté, elle lui démontre comment nager sans crainte dans les torrents ; elle joue, lui s'inquiète, il saute, vacille de pierre en pierre et lui beugle d'arrêter, elle l'écoute une minute. Elle peut tout lui faire, lui mordiller le cou, lui déposer sur la truffe une pomme pourrie, pointer le nez dans sa gamelle, s'endormir sur son flanc, il ne bronche pas. Les rares fois où elle dépasse ses bornes, il retrousse sa babine et compose un grognement, elle se tapit de contrition, crainte et méchanceté sont jouées à merveille. Elle est admise ; à la jalousie, ce chien préfère le partage, ce pour quoi il reçoit son rab de tendresse, c'est une leçon à retenir. Dans les prairies, nous voyons un chien noir et un périscope blanc battant de bonheur, le hasard avait le choix parmi un milliard d'autres chiens mais c'est elle et lui et rien d'autre ne s'envisage.

Est-ce dans nos simples yeux qu'Ubac a changé de statut, mais l'on dirait bien un père. Elle qui ne grossit toujours pas, dont on xylophone les côtes et dont on rappelle, à qui en douterait, qu'elle mange à sa faim, n'est pas un second Ubac mais un être à part, qui le singe, le complète et s'en détache, sa fille longtemps qui deviendra sa sœur mais jamais sa favorite, il arrive que les chiens considèrent ce qu'il est ou non élégant d'entreprendre. S'il s'agit vraiment de se ressembler, les deux ont une méthode infaillible : dégoter une mare stagnante et s'enrober d'une fange infâme, marrons semblables dégoulinant de satisfaction, s'étonnant d'être refoulés au pas-de-porte et se regardant l'un l'autre comme pour désigner celle ou celui ayant eu cette riche idée. À la maison, la vie a redoublé de turbulence, Ubac le placide est revigoré par l'effervescence d'une chienne résolue à croquer chaque lézard, chaque seconde de vie offerte, et semblant dotée, pour l'ennui, d'une inépuisable résistance. Ils sont beaux à voir vivre, des bourres de poil noires et blanches se mêlent dans un joyeux cirque jamais grisâtre.

Tout cela pourrait contenir notre anthropomorphisme mais il revient par vagues nous chercher des noises. Quitte à attribuer aux bêtes des sentiments humains, nous allons jusqu'à supposer chez Ubac notre inconcevable : un goût pour la parentalité vraie. Que nous serions modernes ! Une fille adoptive d'une autre couleur, issue d'un milieu défavorisé, un petit de sang, une famille monoparentale assumée par le seul père et des sortes de grands-parents pas trop décatis, tatoués et vivant à moitié dans un fourgon. L'idée nous séduit, la principale lacune de notre couple étant qu'il ne dispose d'aucun modérateur. Quant à Ubac et Cordée, aucun ne proteste.

Ubac a déjà fait la chose avec une femelle du village voisin. Invités par Michel, un ami d'Arêches, à monter ses vaches dans les alpages, nous l'avions emmené. Le troupeau l'intéressait peu, si ses ancêtres bergers l'avaient vu ! Il avait par contre brillamment réussi à détourner Titoune, une border collie, de sa tâche de vachère pour une étreinte amoureuse aussi sincère que fugitive et dont nous avions appris quelques mois plus tard qu'elle avait donné naissance à de beaux métis, distribués çà et là à des agriculteurs du territoire, ce qui nous fera regarder tout chien tricolore du massif avec une tendresse de grands-parents. Michel se plaignait souvent du dépeuplement du Beaufortain, Ubac s'était appliqué avec zèle à contrer cet exode.

Il nous faut aujourd'hui trouver une femelle enthousiaste, une bouvier bernois, pour une fois nous souscrirons aux charmes de l'endogamie.

Ce n'est pas chose facile, les chiens, sans machine à café, sans club de salsa ni camarade entremetteur disposent de peu d'institutions marieuses. Au mieux et au fil des jours, des séquences de promenades s'harmonisent, près de l'étang vers 18 heures, un Kangoo jaune se gare toujours à la même place, une femelle en descend, on se croise, on se recroise, on finit par se dire bonjour, à connaître son petit nom, on se renifle, on se côtoie mais trop peu pour envisager l'édification d'une famille. Il faudra donc user de pragmatisme et bousculer la rencontre par le canal des annonces. Après tout, les hommes aussi provoquent l'amour.

« Urgent. Très beau mâle adulte de 7 ans cherche femelle bouvier bernois pour saillie. » Bien qu'ayant longuement hésité avec *reproduction* pour la chute, nous n'avons pas trouvé mieux comme réclame. Ces quelques mots accompagnés d'une photo d'Ubac héroïquement dressé au sommet d'une montagne ont le mérite d'être explicites et de suggérer que cette relation n'ira pas au-delà de quelques frottements féconds. Nous placardons des affiches à peu près partout où nous passons, mitoyennes à celles des chiens perdus, notre numéro de téléphone écrit en gros comme sur les feux des centres-villes.

Nous n'avons pas attendu longtemps, nous sous-estimions le marché. La première rencontre a lieu au chalet, la belle-famille tenait à se déplacer. Un homme au crâne brillant et aux mâchoires serrées est venu de loin avec sa chienne. Nous ne l'avions pas senti venir mais ce moment est assez glaçant. Rôdent l'impudeur et l'archaïsme des mariages arrangés, la grosse main de l'homme et, disons-le, un sale goût de putasserie. Mathilde et moi sommes mal à l'aise, seul l'entrain des deux chiens parvient à nous convaincre de poursuivre. Leur danse nuptiale est assez simple, la demoiselle devant et Ubac derrière, comme son ombre. Puis dessus. Cordée, trop jeune pour ce spectacle, est aux chanterelles. Pic du bon goût, il faut les regarder, les surveiller, il paraît que la fin du coït peut s'avérer dramatique, comme s'ils avaient besoin de nous, comme si nous étions experts dans le maniement de l'amour. Tout se passe comme il faut, l'homme et sa bête repartent ; le ton serait à la légèreté, je dirais à Ubac que notre tour était venu, il nous a le lubrique assez observés. Six semaines plus tard, l'homme nous annoncera par un vulgaire message : « Ça n'a pas marché, ma chienne n'est pas pleine. » Nous sommes persuadés, Mathilde et moi, qu'il nous a menti et qu'il fait commerce des charmes de sa femelle. Il eût fallu écouter les langages du corps qui jamais ne se trompent, ce type ne regardait pas dans les yeux ni n'enlaçait sa bête. Nous abandonnons l'idée trop sale d'organiser l'amour.

Heureusement, la fortune comme à son habitude fait bien les choses et va mieux à la vie que ces rendez-vous glacials. Un jour de promenade à l'étang de Marcôt, Ubac, un doigt cassé et n'ayant pas le droit de courir, devine au loin une élégante bouvière et s'empresse d'accélérer vers elle malgré nos cris de désapprobation – ça doit servir à ça la laisse. La discussion s'entame, il est reconnu comme le mâle de l'affiche, aussi beau en vrai. Alpine (les noms honorant la mer sont rares ici) et lui se voient et se revoient de moins en moins par hasard, chez lui chez elle, comme deux lycéens mordus et aux parents bien faits. Deux fois, nous les trouvons collés par l'arrière, nous crions alléluia, et cinq semaines après ces nouages toujours intrigants le docteur Wicky nous annonce quatre chiots à venir. À nos amis n'ayant toujours pas compris que nous ne voulions pas d'enfants, nous hésitons à brandir le cliché de l'échographie qui pourtant, en tout petit comité, nous hystérise.

    La nature n'étant pas si bien faite, deux chiots meurent à la naissance, et en ce début de vie il n'est question que de survie. Pour Alpine qui s'en sort mais dont le regard de douleur nous accable encore et pour les deux résistants sauvés de justesse et dont les premiers jours seront à peine réchauffés par la profusion de mamelles. C'est l'année du F. La famille d'Alpine, plus Hubert que Monseigneur, garde un mâle, Falco. Frison la femelle, à deux mois, nous rejoint. Elle revient de loin, de trop loin pour ne pas nous en vouloir d'avoir à ce point exhorté la vie. Le même jour, strictement, Tchoumi meurt. Du vide ou des doublons, la terre a horreur de quelque chose. Les premières semaines, nous ne voyons qu'un Ubac en petit, mais tôt, et c'est heureux, Frison nous rappelle comme chaque être mérite mieux que d'être vu en semblable ou différent d'un autre et que partir d'un modèle, c'est apprendre à mieux en partir. Elle a de lui cette lice discrète mais tout le reste d'elle use moins de la retenue et c'est bien ainsi. Cordée quant à elle adore cet inlassable nouveau jouet.

Pour se différencier de son père, Frison n'a pas trouvé mieux que de désobéir à tout-va, alors nous hurlons sans cesse et sans réserve son nom, ce qui dans quelques hameaux du Beaufortain, patrie de l'illustre Frison-Roche, déclenche de vives réactions ; si aux balcons, les géraniums aimablement disposés sont offerts à tous, il est certaines ruelles où le souffle de l'explorateur n'a pas tout à fait pénétré.

XVIII

Une vie à cinq s'organise et se débride joyeusement. Trois chiens de bonne taille, cela demande une rigueur sans trop de failles pour les caler dans un van, ne pas oublier les croquettes de l'un, le traitement de l'autre ou pour planifier la logistique des gardes, tout ce que fuient les êtres voulant vivre au vent. C'est tout autant un ravissant bazar, des chiens partout, dans chaque pièce, des allées, des venues, simultanées ou successives, des ferveurs de foule au moindre élan d'un seul, exquise mazurka hochant le foyer dès les premières lueurs, entrecoupée sans préavis par des siestes collectives où plus rien ne bouge quoiqu'un peu le plancher. C'est une musique aussi, rien qu'à eux et qu'aucun bruiteur ne saurait attraper. La percussion de leurs chevauchées sur les balcons branlants. Leur ronflement au cube dans un van aux nuits perdues. Leurs sauts pour y entrer et en sortir, ne manquent que les cerceaux de feu. Le cliquettement de leurs gamelles les unes contre les autres. Leur lapement d'eau, ensemble et Cordée ne buvant que si Ubac boit. Le toupet de leurs queues battant le sol, leurs rêves en canon. Leur chorégraphie au moindre bruit lointain : Cordée qui alerte, souffle des narines et attend le renfort, Frison qui accourt et jappe à nous fissurer les tympans, Ubac qui clôt le bal, roulant des mécaniques et d'une voix des cavernes, jusqu'aux prochains assaillants supposés, Colissimo ou le mur du son. Et leur fausse bagarre. Leur désobéissance en chaîne. Leur farandole à nous attendre par terre et dès que ça y est, leur affalement lourd sur nos corps empilés. L'emmêlement de leurs laisses les jours de centre-ville. Nos fouillis affectifs. Et tout ce qui nous reviendra quand il n'y aura plus. C'est cela, je crois, que nous souhaitions : un bruit de fond et que nos jours se garnissent plus encore du remous des vies mêlées.

Ce goût de la meute interroge. À quatre chiens, à dix, le bonheur du groupe perdrait-il de son éclat ? Existe-t-il pour cet appétit comme pour d'autres des limites et au-delà d'elles des écœurements ? Elles sont là, oui, qui se dressent, se mesurent et se nomment la réalité économique, des mètres carrés à l'élasticité limitée et la certitude quoi qu'en disent les bergers que l'individu au-delà d'un certain nombre se noie dans le groupe et s'oublie. Trois chiens, premier rappel, c'est se souvenir que nous ne sommes équipés que d'une paire de mains, ce mètre étalon de l'amour disponible. L'on peut y adjoindre la tête, les orteils et le corps tout entier, c'est une diable de gesticulation pour satisfaire chaque regard, chaque coup de patte car, n'en doutons pas, les trois commandent l'affection au même instant ou rappliquent séance tenante si l'un d'eux y a songé en premier. Le jour où nous ne caresserons qu'un de nos chiens, c'est que les deux autres seront privés de corps.

Au-delà de trois, nous y perdrions. Si la contagion du bonheur s'envisage, comme pour les ricochets, les derniers rebonds sont un peu mous. Quant à l'amour, me semble-t-il, c'est la même déperdition, jusqu'à un certain seuil il se répartit puis devant tant de cœurs à nourrir, il s'égare, il s'essouffle ou pire, il choisit. Alors trois et deux semble la bonne arithmétique, une disponibilité pour chacun, le bonheur de l'ensemble et rien de bien symétrique. Sans compter, me dit André, que cinq n'est pas le plus vilain des chiffres, il est celui de nos sens, des doigts de la main et du club d'Enid Blyton au sein duquel Dagobert ne jouait pas les seconds rôles et se démenait sans cesse à jointer l'humanité. Arrêtons-là, Mathilde, à jouer aux plus fins avec la vie heureuse, il arrive qu'elle se cabre, et n'oublions pas Ubac se chargeant si sérieusement des deux autres et que nous n'avons pas à lester plus encore d'être attentif.

Nous passons beaucoup de notre temps à les regarder vivre, un vendeur de télé ferait peu fortune au Châtelet. C'est à chaque instant un spectacle offert qui apaise, stimule ou maintient selon la demande. Jamais ils ne se séparent, si ce n'est pour la visite de l'un chez le vétérinaire, fêté par les autres à son retour comme un miraculé de la Grande Guerre.

Souvent, trop souvent à mon goût de l'unité, je dois me lever tôt pour partir au travail, loin, trop loin. Un menu tracas mais c'est le mien. Il est vers 5 heures du matin. Je sors de la chambre en veillant à ne pas réveiller Mathilde, « Allume si tu veux », me dit-elle, et je m'habille dans l'entrée. En pénétrant dans la grande pièce, il y a cette lame de plancher qui grince et qui prévient le groupe. La réparer est au programme du siècle prochain ; c'est cela rénover une vieille baraque, on remue ciel et terre des mois entiers, on tutoie les caristes de la SAMSE et un jour, sans préavis, c'est fini, la moindre ampoule à changer nous accable, il faut attendre, en mois et peut-être en vain, que le stock d'entrain se refasse. Les trois ont toute la pièce et somnolent à peu près collés, pour tout logement une chambre de bonne les ravirait. Cordée me regarde d'un œil mi-clos, joue de son tambour à deux temps, Frison et Ubac font semblant de ne rien avoir entendu, le ballant de leurs plumeaux les trahit, leur queue est comme leur cœur n'obéissant à aucun contrôle. J'ouvre à peine la trappe de la cheminée, le feu repart, je remets une bûche dont Mathilde verra les braises, l'eau bout, le thé infuse et le pain de la veille grille, tout cela sent très bon. Les flammèches renaissantes éclairent la pièce en kaléidoscope, les ombres dansent, ne pas rompre la magie, surtout ne pas éclairer. Je pourrais me lever plus tard mais ce moment vaut toutes les courtes nuits. Je les observe dormir à moitié, pas un matin sans que leur douce concorde ne m'émeuve, chacun d'eux pourrait-il vivre seulement seul ? Dans la nuit, les tapis ont été échangés, partagés, roulés et déplacés, pourtant tout paraît calme. Je vais vers l'un puis l'autre et l'autre et je les salue, d'une main sur le flanc, d'un baiser dans les plis de l'encolure, je reçois pour cela une patte en étreinte, chacun sait que j'arrive ou reviens, chaque matin, je change de premier pour que change le dernier. Je les respire jusqu'aux alvéoles les plus enfouies, j'emprunte de leur odeur. À la découpe du pain, Frison la goulue s'étire, son museau flatté par les premiers effluves en frétille à grande vitesse et elle vient s'enquérir de la qualité de ma nuit. Cette chienne vouant une passion pour l'absorption et estimant que tout est mangeable, des maniques aux portefeuilles, qu'elle s'intéresse à un aliment reconnu comme tel est une bonne nouvelle. Elle lèche l'air frénétiquement, pensant faire venir à elle quelques poussières de tartine et pose sa tête sur ma cuisse, sachant qu'elle peut de ses yeux relevés tout obtenir de moi. Je lui dis d'en profiter car la semaine prochaine débute la fermeté. Cordée suit, remercie son éclaireuse de sœur d'avoir ouvert la brèche et pose sa tête sur la même cuisse. Des croûtes de pain migrent et sont à peine mâchées, André serait aux anges, des petites baves décorent mon pantalon, il me faudra songer à une combinaison de petit déjeuner. Ubac et son retard de patriarche nous rejoignent, dans un minutieux ballet, il pose son énorme tête sur les deux autres, ça joue du regard et de la place en épi. Alors je les enlace tous trois comme on entre en mêlée. Pour ceux s'adjugeant le bonheur, voilà sans doute une scène gentillette ; à moi et pour tout le jour, me couvrant de leurs poils de jarre, elle fournit la douceur et la fureur nécessaires pour admettre et repousser le monde.

Puis, si le chronomètre le permet, nous allons marcher dehors. Nous dérangeons quelques nocturnes ; du loin de ma frontale, j'attrape les billes peu inquiètes d'un brocard regagnant son dortoir, si elles ont raison de se méfier de tous, comme j'aimerais que les bêtes soient assurées que certains hommes ne leur feront jamais de mal. Aucun des trois chiens ne lui court après, un pacte règne. Au fond du bois, on entend des craquements, s'il s'agissait d'un homme, j'en serais informé. C'est une scène ces matins offerts, les dernières étoiles, les premières lueurs, les silences sans peur, ils ajoutent de la beauté. Règnent la plénitude et un sentiment d'éternité, quelque chose d'une transcendance sans Père ni substance. Certaines fois, il y a la neige tombée dans le froid de la nuit, vierge de traces sauf quelques fusées d'un lièvre, les trois voudraient que l'on joue, je leur dis que je n'ai pas le temps sans vraiment m'expliquer pourquoi je ne dédie pas l'entièreté de ma vie au jeu. Nous rentrons à la maison, ils regagnent un tapis par ce qui ressemble au hasard. C'est à ce moment précis que j'interroge Ubac du regard, il saura me dire sans équivoque s'il veut m'accompagner ou rester avec les dames. J'espère à chaque fois qu'il se lèvera pour me suivre mais je sais l'inquiétude de ce trio dès que le compte n'y est pas. Il fait ce qu'il veut, il est essentiellement libre, en gros c'est une fois sur deux mais sur ce point du manque, l'équilibre n'est pas tout à fait la symétrie. Quand je pars seul, il m'arrive de pleurer, de bonheur, de rage, d'un peu de tout. J'axe le van sur la piste s'élevant du chalet, on dirait un décollage. Disons un décollement.

Le prétexte initial, celui de peupler le monde d'Ubac, débordant de bons sentiments et de mauvaise foi, nous ne l'avons plus en tête, qui plus est nous avions tort. Quand nous les laissons tous les trois, l'objectif de nous alléger du poids fautif de l'abandon d'un seul chien est un échec total. Six yeux nous font comprendre qu'à trois êtres, l'on sera toujours moins qu'à cinq, seul compte le tout et c'est avec une solitude collective qu'il nous faut désormais composer. Selon les jours, l'un ou l'autre prend le rôle du condamné à mort et les deux autres de la famille éplorée. Ça fonctionne assez bien, pour partir sans nous noyer dans les remords, il faut toute la dureté de Mathilde ou la mienne et quand ni l'un ni l'autre n'en dispose, les sacs sont reposés et le tour est joué.

S'il joue à son insu de nos faiblesses, l'effet de groupe a aussi ses forces, il protège, cajole et fortifie l'individu. Il y a cette heureuse anomalie d'une unité qui n'oublie pas les identités mais les sublime. Cordée est Cordée, Frison est Frison, jamais réduites en chiennes de compagnie d'un chien qui en manquait. Les relations varient. C'est assez troublant le regard que l'on porte aux liens et l'idée que l'on s'en fait ; si Cordée nous semble avoir endossé d'année en année le statut de sœur d'Ubac, Frison sa fille le restera jusqu'au dernier souffle, sans doute la force du sang ou nos usages d'attribution. Dans cette logique, Cordée devrait faire une tante pour Frison mais elles sont comme sœurs, bref rien n'est vraiment établi sauf l'essentielle valeur de chacun. Ubac, lui, est là, aucunement dilué par le nombre mais élevé en être originel de qui tout provient, il est la source. *Fonte*, disent les Italiens, oui quelque chose de cette matière. Si la relation duale existe moins, leur union vaut toutes les nostalgies, Prévert se réjouirait, ici, *on s'entrevit*. Chacune de nos bêtes a son caractère et sa part de reproduction de celui des autres, juste ce qu'il faut de bâtardise et qui diffuse jusqu'à nous. Il nous arrive, à Mathilde et moi, de nous renifler le cou pour nous mélanger. Nous nous animalisons tranquillement. Les copains de longtemps disent que ça ne date pas d'hier nos agissements canins, ça ne se fait pas, rigolent-ils, ce genre d'amour entre frère et sœur.

Nous prenons conscience d'une autre de nos méprises. À la mort de l'un de nos chiens, envisager que notre tristesse, par la mémoire vivante des autres, sera moindre est une bêtise. Ça ne marche pas comme ça le cœur, il n'est pas un muscle comme les autres, les fibres déchirées ne renaissent pas. Car à la douleur de la perte, désormais nous le devinons, s'adjoindra la leur et celle de ne plus les voir ensemble. À la mort de Frison, une semaine durant, Cordée ne saura plus marcher. Aucun vétérinaire ne trouvera quoi faire, l'échographie ne voit rien de l'amour. Elle vacillera de toutes parts et chutera tous les dix mètres, son corps sans vigueur et, je le crois, l'envie d'en finir. Vivre seul évite bien des peines.

Tels seront notre vie et nos équilibres pendant des années. À jamais, nous aurons connu cela, les forces de la bande, ses abondances et ses désordres, et aucun revirement ne pourra nous enlever d'avoir vécu ainsi. Car oui, dans le désordre, une vie se remplit davantage. Qui n'a jamais constaté, à la caisse du supermarché, rangeant strictement son cabas, qu'il ne pouvait plus accueillir tout ce qui avait été au préalable empilé sans méthode ?

Au gré des mutations, des déménagements, des saisons et d'une vie qui va, tout sera multiplié par trois et plus, l'exponentiel rythmera chacun de nos jours. Les inquiétudes n'échapperont pas à la règle : Cordée la boiteuse, Frison sous chimio et Ubac vieillissant. À trois, si les bonheurs font peu de pauses, les inquiétudes aussi.

Comme toutes les autonomies, le bonheur suffisant d'être ensemble nous couvre et nous isole. Nous n'habitons le quotidien qu'à moitié, nous vivons quelque part rompus, sans haine des hommes mais en retrait par trop d'une disponibilité aux bêtes. Nous faisons attention, à l'envahissement canin et aux bulles trop épaisses mais c'est une réalité progressive : nous sortons un peu du monde. Les humains craignant les comités d'accueil mouvementés viennent moins à la maison, nous déclinons certaines invitations faute de garde ou par peur d'envahir, nous ajournons des projets réclamant une pleine liberté, tout s'espace et malgré notre volonté farouche de ne pas cultiver la pose des solitaires fuyant leurs semblables, malgré notre amour des hommes, beaucoup d'entre eux nous semblent assez loin du compte. Les chiens, les animaux en général, pour qui les côtoie à niveau, mettent la barre très haut. Tout cela aux allures de dédain est un peu contraint, un peu voulu, une trajectoire naturelle voilà tout ;

« C'est comme ça », disait sans résignation papy Lulu. Nous n'en souffrons pas encore, les pertes liées à l'isolement, si elles surviennent, le feront plus tard. Nous construisons quelques amitiés à chiens, nous retrouvant avec dix d'entre eux pour des collectives en forêt mais nous goûtons peu aux groupes, surtout ceux liés de leurs certitudes communes. Nous hésitons toujours à garer notre van au milieu rassurant d'autres camping-cars, peu enclins à parler GPS, deux litres trois et automnes andalous. À son examen, nous préférons la vie. Il en est de même avec ceux que nous aimons pourtant si fort d'aimer les bêtes, les gouzi-gouzi et l'étude comparée de la teneur des croquettes en oméga-3 nous abat un peu. Dans ces collectives arrive toujours l'instant où un des hommes, celui dont le chien est le plus germanique, voudrait une photo des dix assis, immobiles, souriant et, bonne idée, dans l'ordre chronologique. Jamais il n'y parvient, l'indiscipline est heureusement contagieuse et s'il le faut nous encourageons le plus discrètement possible l'une de nos trois bêtes à sortir du cadre. Puis nous nous resserrons et nous partons.

Ça ressemble diablement à la fuite ou au mépris mais est-ce si déshonorant ? Le petit monde autour s'est fait à nous de la sorte ; nous sommes « les deux, tu sais les deux avec les trois chiens » et cette définition nous convient car il nous semble qu'elle n'efface rien de la vie ni ne la remplace, au contraire, elle la granule d'aspérités qui harponnent tout ce qui passe autour d'elles dont cette chose indéfinissable qu'on appelle le bonheur. Nous sommes si heureux que cela m'effraie ; pour laisser quelques miettes aux autres, je suis sûr que l'on peut mourir d'avoir déjà trop reçu. Je trouverais cela même juste.

Entre nous et tout s'est installé quelque chose, et pour longtemps si ce n'est toujours je garderai vis-à-vis du monde ce rapport insulaire. Il peut s'exalter ou s'écrouler autour, égoïstement, nous n'avons qu'une procédure de sauvegarde : regarder au plus près cet asile idéal et nous compter. Cinq. Chiffre magique dont la seule faiblesse est de méconnaître l'infini, et un jour, c'est entendu, de décroître et de nous désosser. Mais nous luttons à son maintien. Les chaudes soirées d'été, sur la terrasse du Châtelet, nous installons, Mathilde et moi, un ou deux matelas et nous dormons à l'air au milieu des trois autres et de quelques chevêchettes prêteuses de nuit. Les étoiles filantes filent et dans nos exigences les moins avouables, nous ne trouvons pas de vœu supérieur à ce que tout cela continue.

Troisième partie

XIX

C'est un de ces jours sur deux où Ubac et moi faisons bande à part. Un jeudi. Les dames au Châtelet, les messieurs à Belley, cette distinction n'est pas le genre de la maison mais aujourd'hui, nous y cédons. Au petit matin, Ubac a deux façons de me signifier qu'il souhaite être de moi. Au retour de la courte balade hygiénique, quand les deux chiennes redescendent au chalet, il se laisse distancer, flâne faussement, se poste au pied du fourgon et n'en bouge plus. Si nous sommes restés à l'intérieur, au moment de les saluer couchés chacun sur leur tapis, il se redresse, m'ancre les yeux et tend tous ses ressorts. Je lui demande confirmation : « Tu veux venir ? », et il pousse la porte de son museau sans même un salut à la maisonnée. Ils ont dû se dire au revoir avant. J'ignore ce qui parfois le décide, certainement pas mon besoin de lui car il est invariable. Je dis à Cordée et Frison résolues à suivre que je les aime

aussi puis à Mathilde qui s'est un peu rendormie et à qui je ne le dis pas assez, pensant que lui démontrer suffit :
— Ubac vient avec moi, à ce soir ou à demain, je t'appelle pour te dire.
J'ouvre à Ubac les deux portes du fourgon, latérale et passager, il choisit. Aujourd'hui, c'est devant. Je lui pousse un peu les fesses mais son entrain fait la grande part, je suis heureux qu'on se retrouve. Dans le camion, il y a toujours un sac de croquettes. En cas.
Les premiers kilomètres, nous écoutons la matinale de France Inter, où en est le monde après une nuit sans nouvelles et Thomas Legrand nous offrant quatre minutes l'illusion d'être lucides. Nous faisons un détour par le Bourget-du-Lac, les cookies chocolat de la boulangerie Claret l'exigent, quand tant se contentent de pépites d'apparat, eux logent cent morceaux dedans. Je me dis qu'en prendre deux serait plus raisonnable que trois, j'en prends trois petits. Pour alléger conscience et estomac, je donne la moitié d'un à mon copilote, au diable l'interdiction du chocolat noir, Ubac est assez solidement installé dans la vie pour ne pas craindre quelques grammes assassins de théobromine. À l'avant du van, il y a un sachet vide, beaucoup de miettes, désormais Marvin Gaye fait rouler les hanches, c'est un chouette bordel. Dans quelques minutes, je serai de passage entre

les murs de la salle des profs mais me voilà bardé d'une joie insensible aux lamentations.

Je me gare à proximité des installations sportives. Le temps que les élèves passent au vestiaire, j'ouvre à Ubac qui connaît la consigne d'être discret et se couche au pied du van. De loin, sous les saules pleureurs, il assiste à mon cours de demifond. Les élèves dispensés, habituellement assignés à des tâches d'un ennui visible, sont autorisés à lui tenir compagnie, bizarrement le taux d'entorses et de profils asthmatiques augmente de semaine en semaine. À la récré, les jeunes renvoyés à leurs amours et leurs bagarres, nous nous promenons de façon un peu précipitée mais seuls. Je voudrais qu'Ubac, comme tout bon fonctionnaire, défèque à 10 h 30 mais son intestin fait valoir son droit à l'insoumission. Les collègues m'observent par la fenêtre. « Tu préfères les chiens aux hommes, non ? » me demandera une quinzième fois celle de français et pour la quinzième fois, jouant le jeu qu'elle attend, je répondrai que *c'est n'estimer rien qu'estimer tout le monde*. Puis c'est javelot avec les troisièmes, leçon pour laquelle Ubac m'attribue une note pédagogique tout à fait flatteuse, les enfants avaient l'air heureux de jouer, unique critère dans son choix de ce qui vaut d'être enseigné. À midi, nous passons embrasser Jacqueline et André. Ils me manquent, des grands-parents d'adoption, je n'ai plus que cela. Il m'arrive de dormir encore quelques nuits au gîte quand le retour à Beaufort m'épuise d'avance. Eux aussi, je les voudrais éternels, nous saurions quoi faire de l'infini. Ce jeudi, mon assiette est là, repas du dimanche comme à chaque venue, viande en sauce au beurre, à l'huile et à la crème, je n'ose toujours pas leur dire mon végétarisme, eux tant privés de tout ne comprendraient pas. Sous ma chaise, un associé carnivore m'aide à ne pas les froisser. Tarte aux myrtilles, café et vulnéraire qui n'a jamais tué un homme, puis demande conjointe des Carrel et d'Ubac de passer l'après-midi ensemble. Évidemment.

Vers 18 heures, je passe le récupérer. Il me reste du temps et de l'allant pour retrouver les filles, aussi j'oppose un refus poli à la proposition d'André d'un petit Pernod qui, de mémoire, n'est pas si petit, manque clairement d'eau et me fixerait ici.

Ubac saute encore devant et nous partons. Nous revenons. À la radio, « Un jour dans le monde » nous redit comme il est divers et chancelant. Au rond-point de Virignin, le premier du trajet, une sorte de camionnette arrive de la droite en même temps que nous, je la sens ralentir alors je m'engage. Son idée était la même, nous freinons tous les deux brusquement jusqu'aux bruits de pneus ; réflexe de père, je tends le bras vers mon passager, comme si quarante-cinq kilos se retenaient d'une paume. Les occupants de l'autre voiture, deux jeunes types, klaxonnent à tout-va, font des grands gestes dont un majeur très en forme et vocifèrent comme tous les courageux dans leur bagnole. Je baisse la vitre pour leur crier comme je les aime aussi, ça ne sauvera pas l'humanité, ce soir, penaud d'y avoir cédé, je promettrai de me mettre en règle avec la bêtise. Le plus souvent, ça se termine ainsi, chaque mâle se tape sur le torse pour s'assurer qu'il est le plus fort et rentre vers sa tribu pour raconter une histoire boursouflée dont il est le héros.

Je poursuis ma route. Ils me suivent de près, me collent, déboîtent, se rabattent et font des appels de phare. Ils ont dû voir que j'étais seul. On monte d'un cran dans l'idiotie et le courage. Nous passons les gorges de la Balme qui enserrent la vie puis Yenne où renaît le ciel, ils continuent, l'effet de groupe est rarement du meilleur.

Arrive l'instant où ça suffit, vont-ils me suivre jusque chez nous où ils n'ont rien à faire ? En chauffeur bien élevé, je mets mon clignotant à droite et je m'arrête sur une espèce de petit parking en bord de route. Un panneau bucolique dit que la pause s'impose et que les déchets ne se déposent pas. Les deux cow-boys en font de même en freinant très fort comme dans les films de Clint Eastwood. « Ils ont l'air vraiment crétins ceux-là », voilà ce que je dis à Ubac, il faut faire avec les mots qu'on a et pour certains hommes ne pas chercher plus loin. Pour une fois, les colères vont s'extraire des habitacles. Je sors, ils sortent et nous nous retrouvons entre les deux véhicules. L'un des deux porte une faluche, ces bérets de carabin petit-bourgeois s'encanaillant au Malibu coco. La logique des gonades entre en scène, ça me rappelle Choux et ses bals montés où immanquablement, après The Clash, les pogos et les blancs limés à trois francs pièce, on se battait contre l'ennemi du soir, les rugbymen contre la ZUP, le lycée Painlevé contre Arbez-Carme, les prétendants de la même Séverine, ces nuits de beuverie où nous donnions pour la connerie le meilleur de nous-mêmes.

Les types ont les yeux rouge sang d'un état pas normal, ce n'est pas très bon signe, ce n'est pas vraiment à eux que j'ai affaire et peut-être leurs doubles vont-ils être braves. Nous commençons à discuter, à nous hurler dessus, le but de chacun étant de dire qu'il a raison, qu'il est plus fort et que l'autre doit s'incliner, une histoire de mâles alpha, celle de la guerre des boutons, celle du massacre des Sioux. Avec l'un des deux mecs que je devine être le chef, nous rapprochons nos visages jusqu'à nous toucher du front comme les footballeurs mais en moins semblant ; l'autre, je le sens, se place progressivement derrière moi ; enfant, celui qui attaquait dans le dos était banni des rixes et les frites à la cantine n'étaient plus pour lui qu'un rêve lointain. Tous les faits divers doivent commencer comme ça, par pas grand-chose, par des petits mecs dressés sur les pointes, puis l'emballement puis la fierté jusqu'à plus rien les jours sans frein, nul besoin de criminel patenté, pour la haine, les hommes s'en sortent très bien tout seuls. Celui d'en face m'attrape le col, je fais pareil et nous nous repoussons une première fois. « Calme-toi ! » me hurle-t-il, son corps tout le contraire. L'autre me met une sorte de claque dans la nuque comme on fait avec les enfants turbulents, et avec celui de devant nous nous empoignons de nouveau, plus fort, plus décidés. La marche arrière n'est plus vraiment possible, ça va mal finir par l'un ou l'autre à terre, n'en pouvant plus, priant la fin et s'excusant. Des dizaines de voitures passent.

C'est au moment où l'on se met les deux premières gifles qu'il surgit.

Ubac est là. J'ai le temps de penser que c'est impossible car il était devant et les portières étaient fermées. Ça contribue à l'irréel. Il aboie d'un cri que je ne lui ai jamais entendu et qui dit aux autres d'arrêter sous peine de la vie. Il fonce vers le premier type, le chef apparent, sa priorité, il le percute dans un bruit de porte lourde et lui montre toutes ses dents. Le mec est au sol, trois bons mètres en arrière, sa tête a frappé fort. S'il insiste, il y laissera un bout de chair, à la cuisse, à la gorge. Ubac avance de deux pas, la queue à l'horizontale, les crocs sortis, quelque part entre le chien et le loup. De sidération, de la peur de mourir, les deux gars ne bougent plus.

– Rappelle ton chien, rappelle ton chien, j'te dis !
– Sinon quoi ?

On a beau trouver ces batailles ridicules, quand on prend le dessus, on se piquerait au jeu.

Ubac regarde l'un puis l'autre, le poil dressé, les pattes avant à peine fléchies, le train arrière prêt à bondir, les babines au plus haut. Il montre qu'il pourrait tuer et que dans la justice des chiens, cette peine s'envisage. Il les tient en respect, il les tient en mépris. Il n'aboie plus, grogne puissamment, depuis tout le ventre, c'est encore plus effrayant, l'intimidation est terminée, n'est plus disponible que l'action. J'entretiens l'idée que je ne maîtrise pas mon chien, c'est d'ailleurs vrai, ce chien n'est plus vraiment le mien. L'autre type qui bredouille avoir peur s'engouffre au ralenti dans leur voiture, j'espère qu'il s'est pissé dessus. Je crains qu'il en ressorte avec une arme, une barre ou je ne sais quoi qui pourrait blesser Ubac. Une voiture décélère et nous observe, va-t-elle se tromper d'agresseur ? Le second regagne aussi sa camionnette à lents reculons en jurant que j'ai de la chance, qu'il me retrouvera et que je n'aurai pas toujours mon sale clebs de merde avec moi. Je voudrais lui péter la gueule d'insulter Ubac. Ils s'en vont comme ils sont venus, violemment, des doigts par la fenêtre et de la poussière bruyante.

Tout devient silence, Ubac se calme, en un souffle ses membres se détendent, il sait finalement quoi faire de la violence, il s'en passe. Il vaque immédiatement à autre chose, il renifle l'endroit, pisse à droite, à gauche et veut aller se promener. Mon idée première était de fuir. Il ne claironne d'aucune victoire, ne bande aucun bout de son corps, ne surjoue rien, moi vainqueur j'aurais déjà fait deux tours d'honneur. Au fond, c'est une bête. J'ai besoin de marcher, de faire redescendre le cœur et d'enlever cette chose pesante sur le sternum. Je gare mieux le fourgon et je découvre par quel interstice Ubac en est sorti. Une vitre ouverte à peine, la moitié au mieux, disons quarante centimètres, un saut du haut de la banquette vers le sol goudronné, je ne comprends pas comment cela est physiquement possible. La nuit suivante, je rêverai de lui en passe-muraille. Après un tel saut, je vais inspecter ses genoux fragiles comme on recoifferait un soldat après l'assaut. Il se laisse faire, il est brave, m'offrant de croire qu'il a besoin de moi. Nous nous engouffrons dans un petit chemin. Que le silence fait du bien, la nature apaise, je préfère sa violence à celle des hommes, ici c'est comme si tout était neuf et prometteur. Je pense à l'audace, au courage et à toutes les excuses d'avoir peur. Je rappelle Ubac qui a pris ses distances, il s'exécute et revient. Comment ce chevalier peut-il songer à m'obéir ? Le monde s'est construit à l'envers.

Je le savais, je le clamais jusqu'aux sourds et c'est donc vrai.

Ubac est prêt à mourir pour moi.

XX

Le jeudi 13 juillet 2017, autour des 13 heures, je pense, Ubac est mort.

Quelques secondes auparavant, il y avait la vie. Il était, m'a-t-on dit, couché sur le flanc gauche. Après des milliards de cycles, le droit s'est surélevé, ses côtes, on ne voyait qu'elles, se sont dressées, les ultimes centilitres d'air, un bon air, sont passés, elles se sont affaissées et puis plus rien. Il y a ces choses comme respirer que l'on fait par brassées sans penser qu'un jour on s'y livrera une toute dernière fois, finit-on par une inspiration ou par une expiration, ça doit dépendre de l'envie : poursuivre ou partir. Il a dû y avoir un soupir, les grillons en hommage se sont tus puis ont repris leur chant, sans doute, juste avant, Ubac a-t-il regardé le monde autour et l'a-t-il happé infiniment. Le pré d'en face, vidé des vaches à l'estive et cramé d'un ciel bleu de plomb, c'est la dernière scène qui lui a été donnée de voir, lui qui adorait l'hiver. Son âme s'est volatilisée dans l'instant, une vesse-de-loup éclatante et sa poussière d'or réfugiée au plus près des vivants. Cordée et Frison ont ressenti un souffle en elles se répandre comme une lampée de miel noir. Moi, j'en étais au dessert et je crois que nous riions.

Quelques minutes auparavant, Ubac, du regard a fait son chemin de ronde. Il s'est assuré qu'il n'y avait pas d'humain inquiet auprès de lui, une vie vouée à l'élégance l'est jusqu'aux tonalités de sa fugue. Il a tourné la tête à gauche, à droite, et ses yeux de bord en bord, il a reniflé juste autour, tout ce que son corps pouvait encore faire. Mes parents montaient régulièrement de l'étage inférieur pour s'assurer qu'il était encore de notre rang des vivants, lui remuer les membres, lui retirer le gravier collé aux babines et les humecter, lui tapoter les os, dire brave chien et prier que ça cesse. Mes parents sont des êtres disponibles, pour les fêtes faciles comme pour les lourdes besognes, c'est à cette polyvalence que l'on mesure l'amour absolu. Ma mère devait être triste, déjà, que je sois triste, jusqu'à en oublier son droit de l'être. Elle se demandait, déjà, au cas où, s'il faudrait nous avertir et comment. Jean-Pierre disait qu'il valait mieux attendre notre retour sinon nous finirions dans le fossé et nous aurions tout gagné. Ils venaient de passer le voir, Ubac avait le champ libre et pour mourir, une demi-heure. C'est comme ça qu'il voulait que la sortie ait lieu. Tranquillement seul. Il a convoqué ses deux chiennes, heureux qu'elles soient de l'instant, elles qui comprennent l'au-delà, et leur a soufflé trois mots à nous dire chaque jour d'après. Elles ont léché sa truffe terreuse, qu'il soit présentable, et se sont sues bientôt seules et pour toujours, elles ont gémi. Cette compagnie lui était suffisante et désirée. C'est de cette certitude que je me pilonne l'esprit pour rester ici. Les pensées fugaces, violentes, envahissantes où je l'imagine horriblement sans personne, à s'agiter dans son abandon, aux prises avec sa frayeur et notre lâche indifférence sont des invitations à le rejoindre que je m'évertue tant bien que mal à repousser. Moi, j'étais à soixante-dix-huit kilomètres de là, c'est comme un ou dix mille, c'est ne pas être là. Le temps du repas, j'avais placé mon téléphone en bord de table, je le regardais compulsivement, mes hôtes riaient de ma manie d'adolescent, je ne leur avais rien dit, ce n'était pas leur histoire, j'avais attribué à mes parents une sonnerie distincte, je dressais l'oreille et tout de moi palpitait au moindre bip. En quelques minutes d'un soleil écrasant, il était écrit sur l'écran qu'il y avait eu surchauffe, je remis immédiatement mon putain d'iPhone à l'ombre. L'arrêt a duré vingt minutes. Mathilde, elle, est tombée en panne sur le bord de la route, le turbo ne voulait plus. Le pouvoir de ce chien était tel qu'il avait joué de nos machines pour nous tenir éloignés le temps nécessaire à ce funeste tableau.

Quelques heures auparavant, je m'étais posé la question. À quoi bon me rendre à ce rendez-vous ? Quel événement dans mon existence grandiose et médiocre peut justifier que je quitte mon chien ? Aucun. Alors Ubac s'était mis à manger, des pâtes trop cuites avalées, lui qui n'avait rien voulu depuis deux jours. Il avait bu, un peu de ma bouche. Son regard était sorti des cavernes, il m'avait donné un petit coup de patte. Dans sa courbe du moins bien, il y avait comme une petite colline, l'onde P d'un cœur qui va. C'était son dernier effort : me persuader que cela durerait, me suggérer son invincibilité et souffler sur moi que je bouge. C'était mon sésame et son souhait. Comme ce jour ressemblait aux précédents et qu'Ubac les avait surpassés, je me suis laissé convaincre par toutes les raisons qui n'en sont pas et j'ai décidé d'y aller, certain de le revoir. Je pouvais y croire, je lui avais juré qu'il mourrait sa tête sur le pli de mon aine, son pouls délaissant tranquillement le mien. Je l'ai placé à l'ombre dans le jardin, lui qui ne pouvait plus bouger, j'ai indiqué à mes parents comment le soleil allait tourner, de l'est vers l'ouest aujourd'hui, et où il s'agirait de le déplacer de façon précise au fur et à mesure des heures. Je leur avais déjà expliqué une vingtaine de fois comme tous les autres détails pour lesquels ils avaient la bonté de ne pas me dire qu'ils savaient déjà. J'ai nettoyé son bas-ventre et son train arrière qui puaient la pisse et la merde, j'ai tué dix mouches.

J'ai embrassé Mathilde qui allait partir aussi, nous nous sommes serrés pour troquer nos petits crans, certains que l'autre en détenait plus que soi, je me suis agité à d'inutiles préparatifs et j'ai mal dit au revoir à mon chien. En partant, je l'ai aperçu, pas mieux que cela ; après une vie siamoise, c'était la dernière fois, lui savait. Moi, de cette seconde, je n'ai pas été digne. Ce raté me hante encore, à m'en transpercer le ventre, et c'est contre lui que chaque soir depuis, où que je me trouve et quel que soit le refus des nuages et des saisons, je lève les yeux au ciel et je salue Alnitak, Mintaka et Alnilam, les plus nous de toutes les étoiles.

Quelques jours auparavant, Ubac nous semblait ne pas aller moins bien. La mort est un escalier vers le bas et ses paliers faisant croire au calme. J'aurais pu m'inquiéter, Dédé du bar d'Arêches me dit un jour qu'avant de mourir, on allait un peu mieux, parfois beaucoup, comme un jubilé. L'homme serait telle l'averse, de fortes gouttes finales rappelant au monde sa présence et hop, calme plat.

Nous étions chaque heure ensemble, ainsi on ne voit rien des déclins. Il y avait bien ses aboiements sourds, rauques, sépulcraux, des minutes où il haletait fort comme les derniers ressauts désordonnés d'un cœur, et ses yeux, d'un autre, insondables et glacés. Il semblait capituler et loin de cette paix dont on parle. Nous nous regardions avec Mathilde pour mieux nous soustraire à ses appels à en finir et, comme aucune vie n'est constante même la plus tenue, elle reprenait, peut-être revenait-elle. La violence quittait les lieux, ses respirations s'apaisaient, il regardait, ne fixait plus, il mangeait un bout de fromage, lapait quelques paumes d'eau et semblait se ravir que Cordée ou Frison viennent lui égayer son mètre carré. Sa queue semblait vouloir rebattre. Ça nous requinquait. Nous sommes si fluctuants nous les hommes ; quand la vie s'éteint, on sait l'entrevoir dans ses moindres discrétions, si elle abonde, nous la négligeons. Alors, heureux de ces petites aubaines, nous ajournions la seule décision valable. Nous le félicitions de s'accrocher, ce faux pas de tous les restants quand l'autre ne réclame qu'un encouragement au laisser-aller.

Nous passions beaucoup de temps à le nettoyer, à le soigner, ses escarres suppuraient, il avait les yeux d'une bête s'en voulant de charger notre vie, nous le rassurions, rien ne valait de l'aimer et d'être avec lui. Nous vivions par terre, à son étage, les têtes proches, et nous le dorlotions en excès sans oublier les deux autres avec qui nous prenions, Mathilde ou moi, un bol d'air et d'êtres vifs, qui courent, bondissent et n'attendent pas. Nous en profitions pour hurler dans les bois. Ces jours étaient intenses, ils nous liaient mais nous n'avions pour cela pas besoin d'eux. Le soir se tenaient des protocoles d'amour, Ubac était propre, avait un peu mangé et pris un Tramadol, Cordée et Frison se couchaient autour de lui, nous aussi, c'était l'étale. Tout le monde faisait la même chose en même temps, une babiole devenue rareté. Les trois se touchaient d'un bout de patte, comme à le recharger. Il y avait cette douceur vespérale, on dit pourtant des crépuscules qu'ils sont les moments de l'angoisse. Pas de souffrance apparente. Puis nous nous levions sans bruit et nous montions à la mezzanine d'où nous les regardions se harder calmement et dormir, je crois que chacun de nous deux rêvait que ça se termine ainsi, dans la chaleur évanescente d'un foyer et de quatre réveils sur cinq. C'est pourtant la fonction même des rêves que d'y figurer courageux.

En début de semaine, nous qui détestions les plannings, nous avions évoqué son déroulé. Je devais me rendre le jeudi à Chamonix puis écrire les jours suivants qui ne seraient consacrés qu'à cela, fixé à la maison, ça tombait bien. J'insistais auprès de Mathilde pour qu'elle s'échappe, qu'elle aille voir l'océan, qu'elle coure sur le sable de Rivedoux et s'enivre de vent, qu'elle aille faire pour nous le plein de vitalité, à deux on s'enfonce plus lourd. Après de longues heures de négociation à définir l'égoïsme, la vie qui ne doit cesser et l'inutilité d'être immobile, nous avions convenu que jeudi était le meilleur jour. « Chut… » me dit alors Mathilde, trop inquiète qu'Ubac entende et se programme. Il n'y avait rien qu'il ne pût saisir. Nous nous étions mis à parler bas, c'était idiot.

Quelques semaines auparavant, il était déjà question de la fin, les terreurs de la mort rôdaient.

Je me demandais si Ubac avait conscience de sa finitude et de la proximité de celle-ci, je le crois, les bêtes en Afrique ne vont-elles pas d'elles-mêmes au cimetière ? Nous savions que l'été lui serait consacré, qu'il n'était pas gardable et que nous serions fixés à ses côtés. Une évidence. L'été est une saison maudite pour les chiens, on les délaisse pour vivre mieux, les refuges ou les trous dans la terre s'emplissent. Nous lui répétions à l'envi que nous nous en fichions des escalades, des soirées douces et des nuits dehors, qu'il n'avait pas à se sacrifier pour ces broutilles. L'été serait lourd, nous le savions, tant pis pour Entrèves ou Vallouise, il y aurait du tragique à combattre et, du réveil au coucher, cette sensation pesante que partout ailleurs la vie est légère. Il n'était pas beau à voir lui le magnifique, cet être puissant qui courait les cimes n'était plus qu'un vieillard décati, couché tout le jour, sa peau velours un parchemin sec comme la paille, des rubans gris et d'ignobles perlures blafardes avaient dévoré le rose joli de ses babines, flétries telles une pomme oubliée, et notre reflet bavait dans ses yeux tombants. Je ne pouvais rien pour lui ; le savait-il ou jugeait-il que je ne faisais pas usage de mes pouvoirs à le sauver ? Face à ce spectacle, il m'arrivait de me réfugier dans le bureau pour pleurer des litres, et quand je retrouvais mes yeux secs, j'allais vers lui d'un grand sourire, il me regardait l'air de dire qu'il savait, dans la langue du cœur, on ne camoufle rien, ne serait-ce qu'y songer est un déshonneur. Les fois où montait notre colère triste de le voir ainsi incapable, nous prenions garde de ne pas la diriger contre lui, et lorsqu'elle éruptait de tous nos pores, nous la détournions vers ce con d'agriculteur, le fisc ou, si je n'avais que ça sous la main, vers les murs en chaux sur lesquels la peau de mes doigts signait son impuissance d'un paraphe rouge vif. Cordée et Frison l'aimaient de tout leur cœur, à le lécher, à le blottir ; les bêtes se soignent entre elles, un grèbe serait passé par là, il aurait tapissé son estomac de ses plumes protectrices.

Nous lui avions construit à la hâte une sorte de couchage en palette doté d'un bac en plastique pour recueillir ses urines sans que cela ne l'angoisse, Ubac vivait si mal de nous souiller la vie. Pour les selles, il n'y en avait quasiment plus, tout ce qui était solide disparaissait. Nous lui baignions ses croquettes dans l'eau pour un brouet infâme mais le seul qu'il daignait manger. Chaque repas était célébré comme un triomphe. Parfois, nous le portions dehors pour renouveler son air. Il nous arrivait de le transporter dans le fourgon et de le déposer ailleurs, aux horizons changeants, les chiennes virevoltaient autour de lui, au lac, au col, à la lisière de cette forêt qu'il avait de toutes parts explorée ; avant de mourir, mon père souhaitait bien voir la mer une dernière fois. Jusqu'au bout, nous penserions pour lui. Au premier promeneur sceptique, je déversais la haine, à laquelle pourtant je m'étais promis que jamais ma vie ne céderait. Nous nous coupions plus encore du monde, supportant de moins en moins le regard plein de pitié des rares personnes de passage au chalet et semblant dire sans l'oser que cette scène accablante n'était pas une vie. Nous le supportions moins car c'était la vérité. Ça puait la mort partout et nous nous refusions à être courageux. Nous prétendions depuis toujours que nous le serions, que nous lui éviterions les heures excessives, que nous ne nous tromperions jamais d'amour, que d'être liés aux chiens présente ce luxe inouï, contrairement aux hommes, de les préserver de l'indécence. Dans le confort de son absence, la réponse à cette question était limpide, mais lorsque le cas s'impose, pour nous, par nous, les clartés s'embrument. Si nous parlions de tout avec Ubac, jamais il ne m'avait évoqué ses dernières volontés. « Emmenons-le, nous lui devons au moins ça, lui offrir une fin honorable, égale au reste. » Aucun de nous deux n'osait dire *piquer*, *euthanasier* encore moins, ces mots sont trop froids, métalliques, nous disions *l'emmener*, ça l'abandonnait moins. Aucun de nous deux n'osait le suggérer à l'autre, trop inquiet d'être, pour le reste de nos vies mêlées, l'aiguillon de sa fin. Quelle débâcle. Un chien, de son passage, augmente votre existence et, non pour l'en remercier mais pour s'élever à lui, un geste suffit, deux seringues, une de cran, une de dignité, et nous en sommes incapables, jouant de cette malhonnête confusion que piquer serait voler. En vrai, c'est rehausser.

Et le souffle de cette foutue vie venait de façon opportune nous aider à être lâches. Ubac, par séquences, devenait plus alerte. Il avait ses fulgurances et se mettait à vouloir attraper les balles de sa bouche, bientôt seule rescapée des paralysies ; nous voyions là un regain quand il ne s'agissait peut-être que d'un retour aux petits chevaux pour résident sénile. Il aboyait avec vigueur des notes qui ressemblaient à la joie et toute la maison résonnait de son retour aux affaires. Dans ce contexte, le plus modique des redressements était une victoire. Puis il posait calmement sa tête sur mes jambes, ma main dans son pelage à l'odeur inchangée, nos cœurs ralentissaient et c'était bien cette douceur. Je pensais aux résurrections, quelqu'un là-haut devant tant d'une rare ferveur allait bien, par une juste ordalie, faire son œuvre, on ne perdait rien à le croire. Nous allions tous mieux de le voir vivant et d'oublier, ne serait-ce qu'un instant, comme nous n'étions pas à la hauteur. Ce manque de vaillance, je me débats avec lui encore aujourd'hui et je le crains, nous avons signé tous les deux un bail emphytéotique. Qu'en pensait-il lui mon cher Ubac ? Était-il flatté de notre amour tenace ? Était-il sidéré de notre égoïsme ? Nous mourrons à notre tour sans savoir. Pour Frison puis Cordée, nous agirons autrement, nous agirons, la vie nous aura enseigné d'être loyaux ; est-ce être meilleurs, comme il se dit, de faire ce qu'il faut ? J'en doute, ce n'est que passer de geôlier à bourreau et la mort que je sache n'a pas pour objet que l'on vive mieux ; quoique l'on s'agite, elle est un moment où l'on ne dispose pour ces convictions, aussi nourries soient-elles, que d'une colère fautive.

Quelques mois auparavant, on ne disait pas *déchéance* mais *vieillerie*, c'est plus potable. L'une porte en elle la noirceur, l'autre la tendresse.

Ubac allait moins loin, moins vite, moins longtemps, moins souvent, mais c'était tout. Nous évitions tout de même les habitudes et les constantes, celles qui, par leurs délitements successifs, affichent trop honnêtement le décroît. Tout allait doucement, notamment de consentir à l'idée de son abaissement. Au lac de Saint-Guérin, Cordée et Frison encapaient le tour complet, Ubac au pont népalais faisait demi-tour, allait de petit exploit en petit exploit et les retrouvailles étaient gaies. Mathilde et moi, rompus aux différenciations pédagogiques, riions de ces groupes de niveau et avions tendance à oublier que, chez le chien, la vieillesse aussi allait plus vite.

La vitalité des chiennes autour d'Ubac surlignait ses grincements mais la coexistence de générations et d'énergies distinctes donnait à notre cercle les contours d'une tribu gouvernée par son sage amghar. À certaines occasions, Cordée la sentinelle et Frison la grosse voix prenaient la tête du trio, soulageaient le doyen des tâches de surveillance, veillaient sur lui sans prendre sa place. Après avoir élevé une sorte d'enfant, accompagné notre conscrit, nous nous occupions de l'aïeul. Entre l'accueil et le deuil, un souffle passe, il s'agit de le savoir et de s'en saisir.

Les étiquettes de vaccination ne tenaient plus sur le carnet de santé d'Ubac, le docteur Forget créa fièrement un nouveau dossier intitulé *Ubac Old*, c'était selon lui un ornement plus scintillant que *le vieux*. Il nous répétait depuis trois ans que les bouviers à deux chiffres n'avaient pas été légion dans sa carrière, j'aurais signé des deux mains dans la cuisine à poire de Mme Château. Le docteur Sanson riait en nous assurant qu'aux vingt ans d'Ubac, il irait de sa publication scientifique et ferait fortune. Son sourire disait aussi qu'il ne fallait pas trop croire à l'éternité.

Ubac ne montait plus tout seul dans le van, dans son van. Pour l'en descendre, nous nous rompions le dos. Je lui demandais comment il pourrait survivre chez un couple de retraités, plaisanter est une digue comme une autre contre le sort implacable. Puis il fallut lui surélever systématiquement le train arrière, lui se chargeait encore de la mobilité de ses pattes avant. La moindre promenade devenait une prouesse physique pour lui et réclamait de nous ingéniosité et ceinture lombaire. Tout était évidemment plus ardu, le faux marbre de chez Doune une vraie patinoire sur laquelle il s'écroulait, les yeux remplis de pardon ; la neige poudreuse qui l'électrisait désormais le cimentait. Pour qu'il fasse ses besoins, nous le soutenions par l'arrière ; au premier riant de cette posture équivoque – le désarroi des autres est un amusement à moindres frais – j'aurais livré toute ma rage contenue. Dans notre microsociété, il y avait désormais l'infirme. Une de ses dernières consultations s'est déroulée dans le fourgon, sur le parking de la clinique à Albertville, lui évitant un déplacement douloureux et le spectacle pathétique d'un amour confus. Forget avait changé ses yeux, on ne riait plus, il n'y avait plus de Mathilde ni de Cédric.

– Il faut vous préparer monsieur et madame Sapin-Defour.

Depuis le premier jour, triste greffe, je ne m'appliquais qu'à cela. Cette chose qui lentement l'immobilisait n'avait pas de suffixe en *ôme* ni en *ite* qui explique et contre lequel on peut crier sa colère. Ce n'étaient que les morsures du temps, baume ou poison selon ce que l'on attend de la vie.

Mais le tout restait doux, Ubac était là au milieu de nous.

Il m'arrive d'envier les vieilles personnes assises au coin du feu, qui regardent par la fenêtre, lisent et font tout à petite vitesse. Elles me semblent soulagées de la tyrannie du faire, prenant le temps de tout et transformant dans une douce conviction le déclin en une sorte de saveur. Ubac me donnait souvent cette impression, moins de lassitude qu'un repos serein. Il n'était plus question de sauter les rivières et c'était peut-être tant mieux, place aux bonheurs de ne rien faire ou bien lentement. La peur de mourir ne flottait pas. De ne plus vivre par contre.

Au sol assis, Ubac comme à son habitude posait son corps entier sur mes jambes, nos pouls l'un contre l'autre battaient de plus en plus fort, ces percussions résonnaient par le sol. Nos enveloppes avaient-elles minci ou nos cœurs avaient-ils grossi à force de battre ? Nous ne nous posions pas la question. Il n'y a rien que l'action combinée de l'espoir et de l'aveuglement ne puisse bâillonner.

Mathilde et moi étions persuadés de posséder pour Ubac assez d'un amour total pour lui épargner les cliquets supérieurs de souffrance et d'empêchement. Nous ferions le nécessaire. D'un autre côté et d'une certitude équivalente, nous nous disions que les animaux savaient mourir et qu'ils n'avaient, pour cela non plus, nul besoin de nous. Mais pour l'instant, l'équilibre nous paraissait favorable à poursuivre ensemble. Souvent nous mettions *Mahone* des Pogues à fond les enceintes. Treize hymnes à une vie relancée nous incitant à prolonger la danse et à ne pas nous fâcher avec les souvenirs. Lors de ces excitations, Ubac aboyait et soufflait de plus belle. Un soir, il y avait sur le bar de la cuisine un ballon de baudruche violet passé, *Fiesta* écrit dessus, je ne sais pas ce qu'il faisait là mais il tombait bien. Je m'en emparai, le présentai à sa gueule et captai son souffle, le ballon s'embruma de l'intérieur, se dérida et gonfla un peu. Je fis un nœud qui emprisonna cette parcelle de vie et je la priai d'avoir à le défaire le plus tard possible.

Quelques années auparavant, autour d'Ubac, il y avait l'insouciance triomphante et la vraisemblance d'une vie sans fin. L'après, on s'en foutait. « De fer, de feu, d'acier et de sang », voilà de quoi il était bâti. Rien ne semblait pouvoir le réduire. Ubac était épais, carré, le mur de refend de notre petit monde. Quand les vétérinaires pour ci ou pour ça lui rasaient un bout de corps, en un éclair son poil se refournissait. Ensemble, nous habitions goulûment le présent. La seule scission du temps dont j'étais déjà conscient est qu'il y avait eu avant Ubac et désormais Ubac ; l'amour, ça coupe la vie en deux.

Quand nous nous promenions et qu'il menait sa troupe poitrail fier, devant son énergie flamboyante, certains ne pouvaient s'empêcher d'exprimer ce gâchis : « Dommage que ça ne vive pas vieux. » Je leur disais qu'il s'appelait Ubac et pas *ça*, que leur sentence tombait bien car nous envisagions qu'il vive éternellement jeune, et si ces anonymes s'appesantissaient sur les sombres présages alors nous répondions en charmeurs de sort que c'était pour ce motif précis que nous avions pris un chien : être heureux moins longtemps.

Et nous reprenions notre chemin.

C'était des siècles avant sa mort.

Comme la vie serait belle et triste si l'on pouvait ainsi remonter son fil.

XXI

Bien sûr que tu es mort, l'air s'est modifié. Mon maudit téléphone s'était remis en marche. J'ai appelé Mathilde et mes parents jusqu'à la corde. Ça sonnait dans un vide sans fond, la minute d'après je tombais directement sur les messageries et leurs annonces enregistrées aux temps radieux, les petites histoires ont aussi leur Belle Époque. Ils ont eu raison de ne pas répondre, que m'auraient-ils dit de plus, ton avis de décès était clair. Mais sur la route entre Chamonix et Beaufort, de Plan Dernier au ruisseau des Pacots, ces endroits où nous avions tant reçu de la vie, un bout de moi s'agrippait à y croire encore et à refuser que cette œuvre si grande se terminât ainsi.

J'arrive au chalet, je m'y gare sans manœuvre. La porte s'entrebâille d'une largeur de chien, Cordée et Frison se précipitent et me sautent dessus, elles s'agitent, se dressent, m'écorchent et me percutent, leur accueil, qui aspire à l'intérieur, aujourd'hui fait comme barrage. N'entre pas, il s'est envolé. Si elle ne ressemble pas à la nôtre, je ne dois pas oublier leur peine.

Mathilde sort en larmes, elle a le visage rouge boursouflé de celle qui s'y consacre depuis des heures. Elle croise les mains plusieurs fois de suite à l'horizontale comme en sport on signale un abandon, le corps est le seul qui puisse encore dire. Des milliers de fois j'ai redouté cet instant et nous voilà présentés. Je me demandais quelle forme il aurait, si nous serions seuls, si le vent soufflerait, serait-ce le jour ou la nuit que tu ne passerais pas, quels bruits ferait ta mort, si elle m'achèverait sur place ou me consumerait à petit feu. Je m'imaginais où cela pourrait arriver, mais à chaque fois, je décidais qu'ils étaient des lieux pour autre chose, hormis les hauts désespoirs, personne ne sait où la mort l'attend. C'est donc là devant une porte en vieux bois hors de prix, le soleil en passe vers l'ouest, autour l'agitation des bêtes et le mutisme des hommes. Sur la route, des voitures passent comme si de rien n'était, Armand le voisin me salue, sa journée est une journée. J'aimerais, je crois, être dans l'instant foudroyé mais il faut pour cela plus de cran que je n'en possède.

Tu es au milieu de la grande pièce, sur le tapis gris, le plus élimé de tous, semblant tranquille, la tête tournée vers l'entrée, sur ton flanc droit, pas deux trous rouges. Tu n'es pas mort ici, c'est impossible, ils t'ont déplacé à cause de ces charognes de mouches et leurs chiures obscènes. Que quelques-unes finissent leur vol engluées au ruban des solives n'est pas pour me déplaire, ainsi les pertes dans les deux camps s'équilibrent. On pourrait croire que tu dors, peu distingue le sommeil de la mort sauf l'espoir du réveil. En fait ils ne se ressemblent en rien. Mathilde et moi nous serrons fort, un bras abattu, l'autre disant *ça y est*, presque *enfin*. Nous inondons nos cous, les petites minutes où nous parvenons à parler, je lui demande si elle sait, comment ça s'est passé, dans quelle position tu étais, à quel endroit précis de la terrasse, à quelle heure, à quelle minute. Pourquoi face à si gigantesque a-t-on besoin de ces menus détails ?

Je te touche, t'enlace, t'ébouriffe, tu es encore là. Je te couvre de caresses à rebrousse-poil, celles qui font les étincelles. Tu sens toi. Je reconnaîtrais ton odeur parmi l'arche de Noé. Au bout de combien d'heures la mort pue-t-elle, effaçant sans semonce les parfums passés ? Si je m'aligne à toi, en me couchant sur le sol, tu me regardes, on se regarde et je clignerai avant toi. Tes yeux sont grands ouverts. Dans mes souvenirs de western, ne mouraient yeux ouverts que les vaillants cow-boys, l'âme des méchants n'avait plus vue sur le monde. Je te serre fort, peau contre peau, je dénoue tes catons, un peu je te masse, des cœurs sont bien repartis. Je rêve aux terres de Thanatos où l'on simule la mort pour vivre en paix.

Je vais voir mes parents, ils ont fait de leur mieux et au-delà. Nous nous disons les mots tendres, ce que nous savons si mal faire d'ordinaire, un jour, nous n'aurons plus besoin du chagrin pour être courageux. Nous pleurons. Abondamment, l'un après l'autre, une politesse, presque une méthode où l'on ne coupe pas des nôtres les sanglots voisins. Tu sais, chez nous, il faut pleurer, tout deuil honorable commence par l'eau du corps. À l'église, celui qui pleure les morts est consolé, qu'il ne l'ait jamais fait pour les vivants est accessoire. Les hommes secs, eux, sont suspectés, nous ne voyons que le visible. Mais là, crois-moi, ce sont des larmes du tréfonds, elles attendaient, en nappes. Nous ne nous privons pas de pleurer car entre ces quatre murs, la mort d'un chien est un drame. Bientôt il y aura le monde et ses autorisations à être triste ; au classement des peines légitimes, la perte d'un clébard est mal placée, loin, très loin de l'enfant, du centenaire, du soldat inconnu ou de la tourterelle des bois. Bientôt il y aura la violence des grands écarts, d'un côté une peine recouvrant tout comme de la lave, de l'autre le désintérêt du plus grand nombre, l'incompréhension et la moquerie sourde, pleurer pour une bête, quelle guimauverie. Ce gouffre empêche le deuil car il lui manque ses rites collectifs, à la fois il nous aidera en ce qu'il nous resserre, assurés des justes raisons de notre méfiance des autres.

Avec Mathilde, nous t'arrangeons, te faisons sortable. Enfin nous te portons. En passant la porte, une écharde de bois accroche quelques-uns de tes poils, c'est la dernière fois toi ici, ton foyer. Nous te déposons dans la voiture. Nous prenons d'infimes précautions pour ne pas te faire mal. Combien de fois, en te mettant dans le van, t'ai-je dit que tu pesais un mort ? Nous avons déjà appelé le docteur Forget, il nous a dit qu'il était désolé et je le crois. Il t'attend à Ugine. Quand nous avions le choix, nous évitions cette antenne de la clinique, nous la trouvions sordide, ses murs couleur fin, je crois que nous savions qu'un jour, là-bas, se jouerait l'issue. En bonnes bêtes de compagnie, les chiennes voudraient sauter dans la voiture. Est-ce inhumain de les laisser là ? Est-ce inhumain qu'elles nous accompagnent ? Mes parents s'agitent et font semblant d'être heureux, Cordée et Frison les croient et restent du côté de la vie.

Dans la voiture, nous t'avons placé comme tu aimes, ta tête entre les sièges avant. Ça sent toi. Tu es là. Nous nous retournons à plusieurs reprises pour voir comme tu vis le voyage ; d'habitude, les virages de Venthon te font te redresser, tu ne les aimes pas, ça tourne trop, ce n'est pas un mal des transports mais tu halètes, tu aimerais que ça cesse, tu t'impatientes, tu attends le dernier rond-point du Val des Roses, les lignes droites et tu te recouches. Là, ça va, tu t'y es fait. Quand nous

nous retournons au même moment avec Mathilde, nos regards se croisent et chacun est triste de la tristesse de l'autre. Nous pourrions rouler des heures ainsi, tous les trois, retardant d'être séparés. Moi qui vandalisais les vitrines des taxidermistes, voilà que je m'interroge : rigide ou pas, finalement tu serais là. Qui de la viande ou de l'âme fait un être ? Comparé au reste, au vaste, le corps c'est finalement peu de chose, mais il manquerait le mouvement et sans lui rien ne ressemble à la vie.

À la clinique, il est tard, les clients sont partis et c'est tant mieux, nous leur épargnerons les peurs de demain, nous nous éviterons les regards tendres. Forget est déjà là. Comment fait-il ce travail ? Je ne veux pas qu'il nous aide à te porter et il le sait. Il a vécu cette scène des centaines de fois mais notre histoire n'est pas une énième. Je te pose sur la table d'examen, ça tape fort, ce sont deux bois qui se heurtent. Je me place vers ta tête comme toujours, là où l'on chuchote, que c'est bientôt fini et que tu es un bon chien. Tu n'auras pas mal, ma promesse, aujourd'hui, sera tenue. Le docteur parle doucement comme les jours de messe, ça ne lui va pas, ça ne te va pas puis le son monte et c'est préférable. On tente d'échapper aux banalités mais les usages sont tenaces, c'est mieux comme ça nous dit-il, or on le sait, il n'y aura jamais rien de mieux. Je signe des papiers, peut-être sont-ils prêts depuis des mois comme au *Monde* la nécro de Simone Veil. Je n'ai signé en tout et pour tout que deux papiers pour toi, chez Mme Château et ici, les chiens sont plus économes en paraphes que les gosses. Je le signale au vétérinaire qui acquiesce, j'ai failli dire *en tout et pour toutou*, c'est souvent comme ça lors des fracas de tristesse, un bout de soi nous protège, pourrait rire d'un rien et ne jamais s'arrêter. Ça me fait souvent ça aux enterrements, je pouffe et mélange les larmes, je me demande si l'on n'encense pas les morts au gaz hilarant. Et si je devais fou rire là, je le sais, ton tout jeune fantôme n'en serait pas offusqué, il penserait à un hommage. Forget nous explique la suite et c'est mieux de parler logistique. Jeudi, quelqu'un viendra te chercher, on ne le connaît pas, dans deux mois, il livrera des télés. Que vas-tu faire d'ici-là, qui va s'occuper de toi ? Nous aurions pu t'enterrer dans le jardin, au pied des lupins de Miage mais nous aurions alors signé avec la maison un ancrage définitif ; que tu prescrives l'immobilité n'a vraiment aucun sens. Ce sera une incinération. Forget nous dit qu'il y a des incinérations individuelles et des collectives, on te mettra dans un sac blanc ou rose selon notre choix. L'idée du mélange t'irait bien, tu as tant œuvré à hybrider les êtres, mais nous choisissons que tu brûles seul, une histoire idiote d'exclusivité, d'effrayante pureté et ne pas te perdre plus encore. J'espère que le monsieur de jeudi posera délicatement ton sac dans son camion, saura-t-il tout ce qu'il y a dedans. Dans quelques jours, nous récupérerons une urne noire et or, un cénotaphe, où seras-tu toi ? Dessus, il y aura un aphorisme mièvre sur l'éternité, un dessin mignon et une graine à planter, plus tard une fleur à l'éclat petit rose. Nous t'éviterons d'y séjourner, nous ferons au plus vite comme nous nous l'étions promis : nous irons à l'aiguille de la Persévérance par sa voie normale, car ces deux mots ont été inventés pour toi, ta ténacité et ton art d'étinceler l'usuel. Nous ouvrirons l'urne et par vent du nord, ne t'appelles-tu pas Ubac, tes cendres iront jusqu'au Val d'Aoste et au-delà vers les piémonts, vents et pollens, d'horizon en horizon, fécondent bien le monde. Certaines poussières tomberont sur les tables rondes du Relais des Anges où nous buvions du Treviso jusqu'aux lunes pleines, ton calme à nos pieds, nous en ressortions joyeux et sinueux, le cœur lourd et léger d'avoir bu trop, et tu nous ramenais à bon port. Une vie, en somme, c'est un kōlam tamoul, on met tout notre cœur à ce qu'elle s'égrène en une géométrie harmonieuse et un jour, après l'aube, vent et fourmis dispersent ses poudres, faisant de sa fugacité la plus puissante de ses beautés. Tout cela vaudra mieux que pourrir sous les gels de la terre.

 Nous gardons ton collier, ton carnet et une touffe de poils. Après il y aura la mémoire mais à cette minute, il nous faut ses outils, onguents et objets de torture. Forget ne nous fait rien payer, seule la part ne lui revenant pas, c'est élégant, la mort coûte assez comme ça, mais on s'en fichait de payer une fortune. En parlant d'élégance, il fait semblant d'aller chercher quelque chose dans l'autre pièce et nous laisse seuls. C'est la dernière minute où je te vois. Ou était-ce ce matin ? Ou était-ce quand je t'ai vu courir la dernière fois ? Je crois que j'aimerais là mourir de tristesse mais il faudrait pour cela un cœur ample comme le tien. Je te regarde dix fois pour essayer de ne jamais me rappeler de toi comme ça ; quitte à perdre plus que voulu, je voudrais n'être constitué que de ce que j'ai décidé de me souvenir, et même si je sais qu'on n'impose rien à la mémoire, je m'acharne à lui indiquer la bonne direction. Nous te respirons par grandes bouffées, je voudrais que ton odeur m'envahisse pour toujours. L'odeur, c'est le lien intime, fermé aux autres. Nous partons en disant au revoir au monsieur. C'est donc comme ça, par une porte à sonnette et une politesse mécanique que les histoires se terminent. Dehors, le monde s'obstine à tourner et je n'en reviens pas.

Avec Mathilde, nous sommes tentés d'aller nous saouler jusqu'à perdre le contact. Ce serait lâche et vital. Mais nous remontons à la maison. Un besoin de chiens.

XXII

Et la suite mon Ubac ? Je n'en sais rien mais je la pressens rude, extrême, pourquoi notre douleur se distinguerait-elle de l'universelle ?
Il y aura le manque. Féroce, organique, comme des coups d'estoc dans le ventre. Dès ce soir, dans cette maison trop grande, aux plafonds trop hauts, dont on a enlevé le suc et qui va résonner de vide. Je me doutais que ce serait violent, ça le sera plus encore. Il va falloir tenir, ces épieux viennent, assaillent et dardent sans retenue, font mine de partir vers un autre foyer mais se tapissent et ressurgissent, rogues et têtus, comme si nous devions payer d'avoir trop joui. J'aurai le droit de me tordre, de m'assécher, il faudra laisser le corps hurler sinon on paie de résister. Ne pas prendre les cachets, ne pas tricher, pour ces douleurs il n'y a pas de médecine, il ne doit pas y en avoir, c'est à soi de guérir. La nuit, dès cette nuit, endormi d'avoir trop pleuré, il y aura ces réveils où l'espace d'au

mieux trois douces secondes, on a oublié, le corps calme. Et replonger. Je les attends ces blessures, je les guette, je me cramponne, qu'elles viennent me plumer ces diablesses, me sucer jusqu'aux veines, je ne les esquiverai pas, l'amour est une idée qui vaut que l'on éprouve. Et si quelqu'un quelque part, subitement sensible à un autre que lui-même, dit, ne serait-ce qu'en pensée, que je chougne trop et qu'il me faudrait regarder du côté du Bangladesh, alors je lui péterai le crâne. Ça ne réglera rien sauf, en le transformant en une colère voisine de la furie d'extraire provisoirement le mal.

Il y aura l'été dont je serai l'animal abandonné.
Je compterai les jours, je me dirai déjà, je me dirai seulement. Je n'aurai d'œil que pour le moche et le pénible. Des adversités partout, toutes plus heureuses. Et cette honte insurmontable de ne pas avoir été à la hauteur.
Il y aura les rites disparus et qui, les uns sur les autres, édifiaient notre vie : les fins de yaourt ; les gressins à rompre en tiers ; tes salutations à la factrice ; ton museau, mon coude, le café renversé et changer d'habit ; accueillir tes antérieurs sur mes épaules et te demander, dressé, à quoi bon te tenir comme nous ; remplir et vider ton baril de croquettes, gamelle après gamelle ; nos promesses secrètes au coucher, dormir près de toi, du feu et les volets ouverts, te regarder rêver de chevauchées et de combats ; les levers impatients ; te sécher

après la pluie, ta tête enchâssée, mon pantalon ruisselant ; ton garde-à-vous au bruit des clefs ou des Biscrok ; nous affaisser, moi assis, toi aussi, sur la banquette du van, nos paix mêlées et regarder le monde pressé ; fainéanter la tête à l'ombre, le corps au soleil, adossés au mur, nos dos massés par l'âme des bâtisseurs ; m'accroupir au sol, que tu coures et que je tombe à la renverse ; nous allonger dans les alpages pour une sieste prévue de cinq minutes et qui déborde, me réveiller dans ton souffle. Ne plus vivre par terre et rejoindre l'étage des hommes, voilà donc ce que me proposent les suites interminables. Nos journées n'étaient que ça, un égayant protocole pointillé d'imprévus. Comment font les gens pour garnir ces minutes d'un nouveau matériau ? C'est ainsi qu'elle récure, l'absence, loin des songes lyriques sur l'amour et la mort mais une croûte de gruyère à la main, anéanti de ne pas savoir qu'en faire. Sais-tu, d'instants en instants, cette place que tu prenais dans chacun de mes jours ? Être ensemble heureux occupait tout mon temps, que vais-je faire de cette masse confisquée ? Nous le savions, c'était écrit, à contaminer infiniment nos existences, le gouffre serait sans fond, mais que fallait-il faire, nous retenir ? Nous cousions nos vies. Rappelle-toi Jean, le papy de Mathilde, tisseur aux yeux brillants de malice, disait que tu étais la trame et moi la chaîne et qu'à nous deux nous faisions la plus serrée des toiles.

Un taffetas ! disait-il, une armure, et qui s'éraille là de tous côtés.

Quand je buvais un coup en terrasse et que j'allais payer à l'intérieur, sans que tu me voies, je t'observais ; tu guettais, tu fixais ton regard sur le dernier bout du mur dont j'avais disparu et tu attendais la réapparition, inquiet et confiant. Je ne faisais pas trop durer cette scène, mais elle me remplissait de force. Je ne vais faire que ça désormais : chercher partout ces yeux qui me cherchaient partout.

Il y aura donc de te voir sans cesse, surgir de chaque pièce, de chaque portière et de chaque nuit, de t'entendre à tout frottement jusqu'aux hallucinations. Il y aura de voir Mathilde pliée de mal et qui s'est toujours, malgré les équilibres, considérée seconde pour les choses te concernant, jusqu'aux notes du chagrin, rappelle-moi de lui dire chaque soir comme sa peine équivaut la mienne.

Il y aura de chercher tes bourres dans les coins de la maison et d'aller respirer tes couvertures, puisant la douleur à sa source et se battant à elle corps à corps.

Il y aura d'en vouloir à tous les vivants, jusqu'à ceux dont les vies supportent la mienne, Cordée, Frison les jours de déluge.

Il y aura de la meute être l'unique mâle sans l'illusion de puissance.

Il y aura ces nouveaux quelque part et ces nouveaux quiconque dont je me demanderai à chaque fois ce que tu en aurais fait toi.

Il y aura de retrouver le monde aride des sentimentalismes proscrits et de faire avec ou contre ce monde où les corps méfiés font refuge.

Il y aura de ne voir, partout, qu'un amour approximatif.

Il y aura l'univers privé de ta brillance, et de m'inquiéter : qui désormais régulera le monde ?

Il y aura cette certitude perforante que notre histoire n'est ni soluble ni fongible dans le temps.

Il y aura sans trop y croire d'attendre de revivre.

Il y aura de m'asseoir seul au sol et d'attendre que Cordée boive.

Rôderont aussi les négligences conscientes et cette tentation de ne pas tout entreprendre pour vivre. Après tout, si je vis moins, nous aurons relativement passé plus de jours ensemble. Il se pourrait en haut du Peigne que j'oublie de m'encorder, il se pourrait que je cisaille quelques plaques à vent, que je ne fasse pas cas des carcinomes, moins pour provoquer le sort que pour le laisser choisir et voir ce qu'il en dit de ce minable manque d'audace à ne pas le faire moi-même. Il y aura, sans crânerie, la disparition de la crainte, face au vide, aux excès et aux contingences, l'acceptation que cela cesse. Je n'aurai plus peur de rien, ni de l'ardeur ni de l'ennui. Soit je brûlerai tout de la vie et m'en ficherai de son défilement soit j'attendrai et ne dirai rien de sa lenteur. Dans les deux cas, il s'agira d'une offense. Comment vais-je réussir à mourir si tu n'es plus là ? Mais j'aurai beau m'y opposer, je vivrai, des souvenirs nouveaux s'accrocheront et tu n'en seras pas. Aujourd'hui et demain je le savais mais hier non plus donc ne voudra plus de toi.

Il y aura ces lieux infréquentables. S'il le faut, je ferai pour toujours le détour par le sentier, la vallée ou la planète voisine, mais comment veux-tu que je repasse aux Champs compter les neuf névés, à la montagne d'André cureter le lavoir ou aux Paradis des Praz nous tremper les pattes dans l'eau glacée ? Ces terres foulées ensemble, marquées à jamais de ton passage, ces accords merveilleux se feraient l'enfer, l'invivable c'est revivre. Il me faut donc changer de géographies, partir et ne jamais me retourner ou prier que ces lieux disparaissent dans le bouleversement du monde. Là où tu n'es jamais allé, ça fera comme ces fois où j'attendais mon retour pour te revoir, te raconter. Mais tu seras partout absent, dans les lieux de mémoire comme d'inconnue. Ton départ me condamne à fuir les yeux fermés et tu n'y es pour rien.

Il y aura, hop, d'un coup, l'oubli des contraintes, de la besogne, des tours de garde, des escarres à panser, du sol souillé de ta vieillesse, des lourdeurs, de ton immobilité qui depuis des mois scellait la nôtre. Tout cela n'a pas eu lieu. Ton ultime offrande, des minutes et du mouvement retrouvés, je n'en veux pas, je n'en ferai rien que le dégoût d'un excès de liberté, qui en veut ? Je l'ai chérie, je la brade. Et le Crédit mutuel... va-t-il seulement passer l'été, lui dont nous garnissions les caisses dès le quinze à grands coups d'agios pour te soigner. Ma colère stérile voudrait qu'il s'effondre aussi.

Je t'exprime cela du bout des lèvres mon chien, ne pense pas appesantir ma vie, tu l'as tellement délestée, la balance est indéfiniment en ta faveur. Mais te mentir serait indigne. Je n'ai pour la mort aucune précision, elle égare à ce point, je ne trouve pas les mots qu'il faut, existent-ils d'ailleurs ? Comment te dire... Si je ne le pouvais pas plus, je n'avais pas tout à fait fini de t'aimer.

XXIII

Puis un jour, sans s'annoncer, viendront les petites lumières. Au printemps sans doute. Avant, c'est impensable. Parce qu'il y a l'hiver, ses jours brefs, lugubres dont on peine à sortir. Parce qu'on ne peut jamais, pour le retour des aurores claires, faire l'économie du temps. Mais un doux jour de mai, du côté des adrets et de leurs prodigalités, par je ne sais quelle manœuvre et encore moins par volonté, je vais parvenir à penser à toi avec quelque chose de l'apaisement. Sans doute l'effusion visible, les brises montantes, les fleurs en fleur, les abeilles en reconquête, le corps réchauffé, ces bourgades de vie. L'espace d'une variation, ton absence se sera mue en une sorte de substance plaquée au corps, mélancolique et consolante, carapace toute de ouate qui enveloppe, accompagne et protège. « Tu ne seras plus où tu étais mais partout là où je suis », écrivait Hugo ; le pauvre, ses mots précieux ont été kidnappés par les faire-part en lot de dix mais c'est bien l'idée : l'illusion jusqu'au réel de ne plus être séparé de toi. Tu seras oui, autour de nous, à enrober nos jours ; en se forçant à peine, l'on pourra te toucher. Il sera devenu possible de te parler sans crier, je recommencerai à croire au secours des fantômes, toi qui jamais ne l'as fait, tu me répondras, de tous les absents tu seras le plus vivace. Je me croyais voué à la tristesse, je m'en extrairai confusément, hébété d'à nouveau respirer et découvrant l'impermanence de toute chose dont la torpeur. Les jours de vaillance, je serai capable de regarder les photos de toi devant le mazot du Châtelet, tu posais puissamment, ton visage au soleil, le seul que je connaisse où se tressent si fort et toujours, le calme et l'alerte. Je pourrai visionner le film de trente-sept secondes où tu bondis dans la neige froide de décembre 2007, promis à un bel avenir. Je parviendrai à regarder le passé en face, à recevoir sans tamis tout ce qu'il me sert et à l'aimer comme il se doit, car il est ce qui résiste du présent et, à ce titre, je lui dois beaucoup. Je croirai t'avoir toujours connu. Le plus dur, ça restera les sons enregistrés de ta voix quand tu grognais pour faire croire à la méchanceté, quand tu hurlais à la joie. Ceux-là, je ne pourrai toujours pas car le son, plus que l'image, ravive à l'excès l'illusion des présences.

Dans la nature où nous vivions inséparés d'elle, je t'apercevrai dans les traits d'un autre, dans l'aboiement d'un chiot né aux alentours de mi-juillet, dans le survol de l'aigle ou dans les grincements d'un mélèze. Ton esprit sera là, ta force aussi. Pas à chaque fois, comme tout ce que l'on provoque, ça sonnerait faux, jamais par hasard mais de façon assez rare pour signifier. Mes compagnons de cordée me surprendront en train de chuchoter aux cirrus et aux cairns branlants mais ils ne s'en soucieront pas car ils sont là depuis longtemps et jamais les êtres d'une même corde ne la toronnent d'un quelconque jugement. Au contraire, ils se diront que cette disponibilité aux pierres et aux brumes dit les progrès et l'audace du futur. Les larmes perçantes seront sur les joues plus douces, presque chaudes. Cordée saura boire seule.

Jusqu'alors inopérantes, les martingales de la consolation commenceront à faire effet et mettront à mal l'abattement. Vivre heureux comme tu l'étais, toi, chaque jour, ne pas être ce que tu n'aurais pas voulu que je sois, cet individu d'une morosité tenace depuis juillet, ne pas faire de ta mort (car c'est ainsi que je saurai la nommer) une fin en soi mais te voir en passant si considérable que tu resteras pour toujours, voilà les mantras qui petit à petit s'animeront en moi, pour de vrai jusqu'à créer l'organe d'aller mieux. Dans les pentes raides du Mirantin, la neige jusqu'aux genoux, je me souviendrai de ton énergie et je sortirai par le haut, à la cime ensoleillée plutôt que de me laisser ensevelir par ses ombres. Je retrouverai du souffle. En gros, entreprise vertigineuse, j'essaierai de me hisser à ta hauteur. « Il n'y a que le temps », disent les pansements, c'est si sottement vrai, le tic et le tac mesurent et forgent l'homme bien mieux que lui le fera jamais d'eux. Certains jours, cela fonctionnera très bien et suffira à la joie, d'autres fois, ce sera un échec total doublé de ma culpabilité d'avoir osé dompter la tristesse.

Tout d'abord, il s'agira d'une méthode, nous nous refuserons à désespérer de la vie, plus disciplinés que convaincus. Il sera le temps des jours incertains, noirs ou blancs selon les pendules de l'âme. Puis ce sera comme naturel. Il faudra dans cette vie entrer prudemment ; les jours de grand beau temps et accompagnés d'êtres rieurs, nous pèlerinerons au bois du Pellaz à fouiner les chanterelles ou chez Félicien à attiser la mémoire légère des cafés à « quatre quarante ». Nous toucherons les murs que tu as touchés, nous foulerons les regains sur les aïeux desquels tu t'étais couché. Nous parlerons comme des vieux à nous dire tu te souviens quand Ubac. Tu parles, si je me souviens. J'ai connu cette vie. Si ça se trouve, nous rirons de la fois où un bâton à la gueule, tu étais resté bloqué entre deux frênes, ou quand tu prospectais sous les jupes des dames dont la voisine qui n'aimait pas et Jacqueline qui ne disait rien. Parfois, nous retomberons plus bas et nous reviendrons en courant au foyer des larmes. Les nuits mauvaises, je te verrai en chien errant, seul et sale sur les sombres routes des Maramureș, le regard bas et fuyant l'homme indifférent. Mais dans l'ensemble, nous progresserons, les souvenirs plaisants prendront pas à pas résidence et bien vivre sera dans nos cordes. Il m'arrivera de rêver à nouveau, oh de tout petits rêves, de ceux qui ne désolent pas les réveils. Les douleurs ne seront pas apprivoisées, nous aurons trouvé un accord, nous composerons, c'est déjà ça.

Nous fréquenterons avec préférence les gens que tu aimais, mais comme tu aimais tout le monde, nous nous tournerons vers ceux parlant de toi justement et qui t'aimaient aussi, Jako surtout. Pour les autres, s'ils n'ont pas compris les pleins, qu'espérer de leur sensibilité aux vides, tant pis pour eux.

Nous parviendrons de nouveau à jouir, à cueillir à pleines mains les arbouses de Bavella, des doigts fins le maceron de Saint-Clément, à dire oui aux cocagnes, à tracer les combes froides de Planpincieux, à danser sur la plage jusqu'au retour des pêcheurs, à croquer goulûment les Štruklji de Ljubljana, à enrouler les thermiques bleus, à renfougner le granite, à lever le Valpo près, tout près de Sylvain, Jean-Mi, Soph, Seb et les autres, à pouffer des gaffes de l'un, à s'inquiéter plus ou moins des peines de l'autre, à lancer la balle à l'entêtée Cordée, à courir derrière l'espiègle Frison, à les aimer pour elles, à pester joyeusement contre la bêtise des hommes qui parlent fort et conduisent vite, à regarder tendrement nos parents vieillir, à aimer le vent nous décoiffer, à chalouper sur Compay, à marcher dans la forêt, à lire Thoreau célébrant les êtres marchant dans la forêt et à plisser les yeux de rire. Nous continuerons ainsi avec persévérance et jusqu'aux marches retrouvées de l'innocence, nous serons de nouveau disponibles, infiniment, aux beautés du monde, nous nous accorderons le soleil et le silence des horizons, nous crochèterons tout ce qui brille, nous aurons même des projets, à la vie nous acquiescerons. C'est irracontable le bonheur, il peut ne s'agir que d'une vacance de la peine.

Je les fuyais du regard, je serai de nouveau capable de les repérer partout, à mille mètres tapis couleur rocher, sur le trottoir d'en face rangés dans d'heureuses jambes, la tête au balcon ou leur sillon sur le lac. Les chiens. Pour ce qu'on aime, on développe une acuité de rapace, je l'avais rangée, j'en referai usage. Je flairerai leur présence, nos regards s'attraperont, je saurai faire ou reporter, leur parler ou me taire, tendre la main ou me fléchir. Comme un sens réconcilié. Et ceux de ces inconnus cherchant l'étreinte, je ne leur dirai pas non, ils n'ont après tout rien fait de mal. Je les toucherai pour deux, peut-être l'un d'entre eux sera-t-il porteur d'une missive.

Certaines minutes, je t'oublierai. Non, ce n'est pas l'oubli dont on parle, ce n'est pas en lui qu'on puise les forces de poursuivre, mais avec élégance et sans porte qui claque, tu t'absenteras de mes pensées. Quelques secondes lors des premières disparitions, avec pour béquilles le mouvement, la foule, la clarté ou des palabres. Puis des heures et des nuits même en ne rien faisant, même au silence. Et ces pensées, tu les regagneras avec douceur ou tu ressurgiras avec violence selon l'humeur des jours. En somme, nous serons de nouveau des compagnons, à nous fréquenter au juste empan, quand bon nous semble et que l'autre respire.

Mais il y aura de nets reculs. À certaines secondes et en des lieux inconvenables, sans crier gare, des rivières sur les joues, chante Souchon ; elles seront des crues gigantesques de n'avoir pas pleuré une semaine et auront une allure sans fin faisant croire au recommencement vif, plein et vengeur des morsures, pourquoi pas d'ailleurs. Je les accueillerai volontiers, qu'elles m'étrillent à nouveau ; laisse aller, disait papy Lulu, la vie est une valse. Ça arrivera en plein cours de danse des sixièmes B sur une infâme musique américaine, on ne sait pas. Ça arrivera dans un lieu si nouveau et si beau mais tellement sans toi, on ne sait pas. Puis elles se calmeront. Et elles s'espaceront. Au point de craindre leur disparition. Qui n'a jamais éprouvé l'angoisse que l'absence s'absente ? Certains jours, conjurant la peur de l'oubli, je tisonnerai la tristesse, implorant Orion, les six notes d'Alter Ego ou une autre des lacrymales. Et je me raviserai devant tant d'indécence. Les gens autour me diront ça a l'air d'aller toi et il m'arrivera de l'admettre. De tendre vers des jours lumineux, les hommes d'Église et les docteurs appellent cela le deuil, c'est, selon, une célébration merveilleuse de la vie ou un égoïsme méprisable. Il faut le laisser venir et faire, ne pas se refuser à lui, l'envisager comme un passage dont on ne s'acquitte pas sans un peu de conviction. Sans son recours, rien de l'avenir ne s'envisage ; certains communiants zélés souscrivent à la noble idée d'une souffrance à vie, mais par essence, une souffrance véritable n'est pas durable. Elle tue, se réduit ou se transforme. Toi, de tout ça, de ces états d'âme d'homme élevé aux atermoiements et inquiet d'être heureux, je l'espère tu t'en moques, peut-être joues-tu déjà avec Pirate, Tchoumi et les autres cabots inutiles à sauter d'arbre en âme, de corps en corps. Je ne sais pas de quelle matière tu es fait désormais, ça doit être solide et de vapeur, quelle qu'elle soit je sais que tu veilles sur nous autres, cette conviction benête qui hier m'exaspérait.

Ainsi, d'accalmies en embellies, nous aurons fait, Mathilde, Cordée, Frison et moi le tour d'une année en solitaires. Nous aurons affronté des 14 avril, des 14 septembre, des brames du cerf, des anniversaires de Simone, des premières neiges, ces journées comme les autres mais dont on fait des films, dont on sait clairement qui a disparu et que l'on se met à craindre autant qu'on les a chéries. Ils ne méritent rien ces maudits jours, ni que l'on danse, ni que l'on pleure, ni que l'on change l'eau des fleurs. Ils ne méritent que d'être traités à l'égal. Mais on a beau gesticuler pour les négliger, les éphémérides assaillent fidèlement. Alors le premier des 13 juillet, nous fuirons les artifices, nous irons en montagne où l'on peut hurler sans déranger et pleurer des fleuves, les cimes voisines penseront au triomphe. Les suivants, nous verrons bien. Qui sait, un de ces prochains étés, passerons-nous le 13 sans encombre car il sera là aussi oui, caressant, l'indicible espoir de s'en foutre.

XXIV

Au beau milieu de ce temps qui passe, un clair matin d'automne, j'irai au Pas d'Outray. Tu aimais l'automne, je le sais, c'était une saison pour toi. Il se mettait à faire froid, tu chassais moins l'ombre, nous étions moins en montagne, plus tôt à la maison et les roulades dans les feuilles annonçaient tes christianias dans la neige. Le 4 octobre, nous t'achetions une boîte pleine de cochonneries qui te faisait puer de la gueule deux jours durant, nous nous pincions le nez et tu nous léchouillais plus encore.
Tu aimais le Pas d'Outray. Pour y aller, nous passions devant les Croës, double file et le financier praliné de Cyril. Au début, nous le coupions en trois puis quatre puis cinq, nous en achetions alors un de plus. Au Plan du Mont, il y avait les chevreuils, un peu saouls d'avoir trop mangé de baies fermentées et qui ruaient de l'arrière. Dans la forêt sombre aux bruits magiques, tu partais

en éclaireur, tu saluais les spectres puis Hauteluce remettait le jour. Après le pierrier aux marmottes qui te cassait les pattes, tu retrouvais l'herbe rase du Pas, tu t'y roulais dessus comme un culbuto et tu filais au bassin d'eau fraîche. Les peaux de saucisson abandonnées par les chasseurs des Trois Moineaux où tout est cuit, rien n'est chaud, ne faisaient pas long feu. Les jours d'infini, nous poursuivions à plat jusqu'au Lac Noir où tu confirmais si besoin ta détestation de l'eau au-delà des genoux. Nous nous asseyions sur ses rives, nous respirions et nous regardions, ça paraît simple ces moments, presque offerts, mais on ne peut y goûter sans tout de la vie dedans, en réalité ils se conquièrent. Certains jours, nous rentrions à la nuit, le mont Blanc rose dans le dos, heureux de fatigue et de solitude. C'est un bel endroit là-haut qui donne envie d'en revenir par le tour du monde.

J'irai donc là-haut faire usage des moments si nécessaires de solitude. La végétation sera verte et rouge selon les feuilles ou les épines, le ciel sera d'un bleu exubérant et les plus hauts sommets saupoudrés d'un blanc neuf ourdissant l'hiver. Le catabatique fera frissonner dans les bois, plus haut il y aura l'inversion qui remise les bonnets et cloue Beaufort dans les brumes. C'est bien l'automne, il peut faire chaud mais pas suant et la lumière est bien réglée. Ce serait bien l'automne toujours mais on ne l'attendrait plus. Le premier chamois à se laisser entrevoir te ressemblera beaucoup, on se saluera de la patte.

Je prolongerai la boucle pour passer plus de temps avec ton souvenir. J'irai aux Enclaves et jusqu'aux rives du lac, derrière le rocher à tête de chameau, je me passerai de l'eau sur le visage, cette eau noire que tu as lapée et je me verrai dans son reflet.

Et là, sais-tu qui j'apercevrai ? Un homme heureux. Conscient de son héritage et de la fabuleuse inflexion de son existence. Un homme heureux et pas gêné de l'être.

Cela grâce à toi Ubac et à ces deux petites choses que tu as déposées dans ma vie, ces cadeaux que l'on abandonne sur un coin de table, en cachette et sans raout. Une pile et une clef. Ça n'est rien ces objets minuscules mais ça va jusqu'à préserver.

Tu étais né pour l'amour, un amour subtil, ni aveugle ni captif, et tu m'as greffé sous la peau un je-ne-sais-quoi électrique qui stimule le cœur dans cet axe et le surveille. Je t'ai regardé vivre et ta perception du monde a diffusé jusqu'à moi. Tu n'as pas accompagné sa venue, c'est autre chose, tu l'as générée, tu m'as équipé de ça, sans toi je serais passé à côté. Il faut oser l'amour me montrais-tu, l'amour atmosphérique, l'amour panache, toujours, ne pas tergiverser, ne pas attendre en retour ni céder à l'idée qu'il procure moins qu'il ne coûte. Cette vérité, je l'ajuste à ma vie d'homme mais chaque jour je m'y astreins, pas dans un mimétisme idolâtre mais dans une façon d'être devenant, malgré les rechutes, de l'ordre du naturel. « Et si on enseignait l'amour ? »

me dit un jour un collègue d'arts désenchanté par la froideur académique. Une autre lui répondit que ça ne s'enseignait pas ces choses-là, je pourrai lui objecter qu'au moins, cela s'apprend.

L'autre rien qui déforme mes poches est une petite clef, forgée, mate, son panneton, on dirait le reflet des Tre Cime, la clef d'une porte que j'ouvre à l'envi dès que le monde des hommes me secoue trop. On peut se trouver dans le brouhaha d'une tablée, dans le tralala des bravos, l'écho des cités ou le bureau gris d'un important, cette porte est toujours là, ouverte à soi, aux autres cachée. Pour l'ouvrir, il n'y a rien à s'injecter, il suffit avec de l'entraînement d'une inspiration et d'un battement d'yeux. Elle donne sur une petite rue parallèle et un refuge en chablis où l'on parle aux nuages, aux renardeaux et aux êtres invisibles. C'est un lieu plus épais et plus léger, de sagesse et de folie, de résistance et d'abandon, une forteresse sans murs et sans morale. On entre là dès que nécessaire, on y est bien, d'emblée, on y célèbre une vie discrètement impétueuse, on parvient, une minute ou des jours, à s'extraire du monde, on se décape d'environ tout le superflu, on fait le plein, le pouls descend et l'âme monte. C'est vivifiant, très addictif, et personne ne note que tu es parti. Là-bas, il y a peu d'hommes mais plein d'autres vivants. On revient de cette arrière-boutique dans un état délicieux, de nouveau prêt aux tournis, à la fois hospitalier au beau, au bon et suprêmement exigeant. On regarde la vie – qui n'a pas tellement changé – comme à travers de l'eau claire ; tout est un peu trouble mais profondément limpide, et s'il advient qu'au-delà de soi-même l'essentiel soit mis en cause, alors on saura de quel galet précisément se saisir. Tu m'as appris ces ponts, sans toi je ne serais jamais allé voir de l'autre côté du jour et si je ne prétends que timidement être de cet univers plus vaste, lui rendre çà et là visite infuse une beauté lucide et sereine partout. Quelques fois, dans le monde officiel, celui où l'on est né, le tangible, celui des plans, de la peau et des preuves – et qui peut être un joli monde –, je croise des gens dont les yeux me disent qu'ils connaissent aussi ce territoire magique, à la lisière et sans douane, où la seule virtualité qui tienne est celle d'être à l'écoute de ce qui nous échappe, ces choses qui n'existent pas vraiment et qui font de nous des hommes dans leur simple et honorable dimension. Ces gens-là semblent à leur place ; ils marchent d'un pas qui effleure le sol, leur pupille est celle des voyageurs qui à tout moment peuvent s'enfuir. Nous sourions en nous croisant, l'air de dire *alléluia* et *chut*.

Plus ça va, plus je me demande pourquoi l'homme a tant besoin de bips et de manèges pour s'augmenter la réalité. Plus ça va, plus je me demande de ces deux mondes quel est le véritable.

Quand on a cela avec soi mon chien, une pile, une clef, la vie peut durer, irréductible aux affaissements. Tu aurais pu la recroqueviller, tu l'as dépliée, tu n'y es pas entré par hasard, il y avait de l'ordre de l'urgence. Elle est drôle la danse des appuis, c'est toi le quadrupède qui m'as fait tenir debout. De ces dispositions et de ce que je vais encore découvrir des traces de ton passage, je te dis merci, quel autre mot ? Il y a peu, dans une salle de trop d'attente, j'ai lu un bel article sur un geste quasi disparu, l'enluminure, cet art d'orner les récits. D'un matériau moins clinquant que l'or, c'est cela que tu as fait et fais encore, par touches élégantes, tu embellis ma petite histoire. Notre vie commune mérite mieux que de lui trouver des mots qui font joli mais *enlumineur* te va si bien.

Puis je reviendrai au Pas d'Outray. Les moutons seront redescendus, je boirai sans crainte l'eau du ruisseau. J'attendrai qu'un vent du sud nourrisse la pente des Villes, je gonflerai ma voile et je reviendrai parmi les buses. Le temps sera léger, je rentrerai chez nous, la vie puera l'amour comme ta gueule un 4 octobre.

À la maison, sous le bureau de Lulu, il y aura le ballon. Celui de ton air. Il aura gonflé, encore. Ce n'est plus qu'autour la vie soit dépréciée, c'est que de l'intérieur et obstiné, ton souffle n'a de cesse de l'animer.

Comme à chaque fois, je serai tenté de le dénouer, le libérer, m'en ventiler le visage et t'aspirer. Mais j'attendrai encore.

Que le plus de toi persiste.

*Cet ouvrage a été composé
par Nord Compo à Villeneuve-d'Ascq (Nord)
et achevé d'imprimer sur Roto-Page
par l'Imprimerie Floch à Mayenne
pour le compte des Éditions Stock
21, rue du Montparnasse, 75006 Paris
en janvier 2024*

PAPIER CERTIFIÉ

Imprimé en France

Dépôt légal : avril 2023
N° d'édition : 24 – N° d'impression : 104010
58-51-4444/6

Made in the USA
Middletown, DE
10 June 2024